AF397450

Tiina Hallenberg

Tuullut toiselta suunnalta

Kansi: Tiina Hallenberg

© 2018 Hallenberg Tiina
Kustantaja: BoD – Books on Demand, Helsinki, Suomi
Valmistaja: BoD – Books on Demand, Norderstedt, Saksa

ISBN: 978-952-80-0687-9

PIKKUVAUVAT eivät ole minun juttu. Sitä mieltä olin vielä muutama vuosi sitten. Sisareni lapset riittivät minulle. Oli mukava leikkiä ja touhuta heidän kanssaan, mutta että jat- kuvaa lasten hoitamista ja hyysäämistä – ei kiitos. Mitään äiti-fiiliksiä en kokenut kun näin vauvan rattaissa. Lapset, varsinkaan vauvat. eivät siis olleet "minun juttu". Kotipsykologiaa käyttäen olin tullut siihen tulokseen, että koska minut oli pienenä huijattu sairaalaan käyttämällä vauvaa houkuttimena, en pitänyt pikkulapsista.

Jouduin 60-luvulla allergiasairaalaan, koska ihottumani hulmahti niin pahaksi, etteivät kotikonstit enää tehonneet. Suurin syy oli luultavasti se, että raavin itseäni sieluni kyllyydestä, sillä äiti ei sitonut käsiäni häkkisänkyyn kiinni niin kuin sairaalassa tehtiin. Samaisella vuosikymmenellä ei pidetty myöskään suotavana sitä, että sairaalassa oleva lapsi näki vanhempansa hoitojakson aikana. Ilmeisesti kuviteltiin, että ikävä ei ole niin suuri jos ei näe läheisiään. Joten vanhemmat eivät saaneet tavata lastaan, korkeintaan kurkkia ikkunan takaa siten, ettei lapsi vain huomannut heitä. Itse olin tullut siihen

johtopäätökseen, että koska minut oli vauvan katsomisen verukkeella houkuteltu sairaalaan, sen jälkeen kaapattu hoitajien matkaan, estetty tapaamasta vanhempiani, en pitänyt vauvoista. Kavalat petturit.
Mutta elämä on yllätyksiä täynnä. Eräänä päivänä - vuosia ja vuosikymmeniä myöhemmin - ponnistelin saattaakseni maailmaan ihan oman lapsen. Oli muuten juuri niin kuin sisareni sanoi: tuntuu kuin olisi ollut helvetinmoinen paskahätä. Se kuvaus synnytyksestä vastasi huomattavasti enemmän todellisuutta kuin ne synnytysvalmennusvideot, joita olimme Eläkeläisen kanssa käyneet katsomassa. Tehokkaampi tapa tietää, miltä synnytys tuntuu, olisi ollut palkata sisareni kertomaan kaikille masuaan taputtaville äideille, että hymyilkää vielä, todellisuudesta ette tiedä yhtään mitään. Synnyttäminen on kuin maha- ja oksennustauti samanaikaisesti. Yhdistettynä vielä huumorintajuttomuudella ja lyhyellä pinnalla.

Kaikista kauhukuvista välittämättä ensimmäinen tyttäreni syntyi, esikoisemme. Valmiiksi räkäisenä. Kun muut äidit saivat vauvansa vuoteensa viereen, minun viereen ei tuotu ketään. Ihminen on omituinen: ensin toteaa, että ihan sama mikä tuli. Pääasia, että nyt se on ohi. Seuraavana hetkenä itkee kun ei ole saanut omaa pientä rääpälettä viereensä. Kaikki tuska, polte ja kipu on unohtunut. Vain huoli vauvan voinnista on jäljellä. Tehohoidossa ensimmäinen lapsi sai paremmat eväät kuin muut samaan aikaan syntyneet. Oli valmiiksi lypsettyä äidinmaitoa eikä sokerilientä. Ei tarvinnut tehdä työtä maitoa saadakseen, riitti kun piti suutaan auki ja nieleskeli. Nuha talttui eikä ylimääräisiä nenän imemisiä tarvittu. Omaishoitaja pääsi tehohoidosta pois ja matkasimme kotiin.

Toisen tulokkaan kohdalla sitä osasi jo odottaa jotain muutakin kuin "pikku koskua". Eläkeläinenkin oli valmistautunut ottamalla pelikortit mukaan, jotta vaimo saisi jotain muuta mietittävää. Kätilö oli tällä kertaa kova pu-

humaan ja Eläkeläisen aika kului hyvin. Yhteen ääneen paransivat kaupungin asiat ja laittoivat valtakunnan asiat kuntoon. Samaan nippuun hoitivat koko maailman. Pelikorttejakaan Eläkeläinen ei ehtinyt sekoittaa, niin oli paljon asioita hoidettavana. Vaikka nyt minulla olikin tietoa, miltä synnyttäminen tuntuu, ei se tuskaa mihinkään poistanut. Lohduttava tieto oli, että harvempi synnytykseen on enää tähän maaiman aikaan kuollut. Vaikka kivuliaalta kuolemalta se tuntuukin. Kolmannen lapsen kohdalla kätilö oli vaihtunut ja synnyttäjänäkin tiesin jo vaatia jotain kunnolla kipua lievittävää. Aiemmin en ollutkaan kokeillut ilokaasua, joten nyt oli sen aika: ilokaasunaamari kasvoille ja muutama henkäys. Välillä testasi Eläkeläinen, välillä minä. Kyllä meitä nauratti. Lystiä oli, kunnes pahoinvointi kouraisi.
Oli kuin olisi elämänsä krapulasta kärsinyt. Eikä synnyttämisen tuska ollut hävinnyt mihinkään.

Neljännen lapsen syntyessä oli puhelias kätilö numero kaksi kehässä. Eläkeläinen oli myöhässä synnytyksestä, sillä lapsi numero kolme piti käyttää lääkärissä räkätaudin takia. Totesin kätilölle, että muistan kyllä kuinka tämä oli synnytyksessä mukana kun saatoin lasta numero kaksi maailmaan. Ja että olivat Eläkeläisen kanssa järjestäneet kaupungin asiat puhumalla kuntoon. Ja että kyllä synnyttäjä oli jätetty ihan oman onnensa nojaan.
"Niin", sanoo kätilö, "niin ne muutkin äidit ovat sanoneet, että kyllä miehet mielellään kanssani synnytyksessä ovat."

Loppujen lopuksi olin saattanut maailmaan neljä kaunista ja ihanaa tytärtä. Ja silloin oivalsin vauvojen olevankin ihan minun juttu. Varsinkin kun ymmärsin, että kyllä ne siitä kasvavat. Mutta ikinä en olisi kuvitellut, kuinka paljon elämää, iloa, surua, naurua, pelkoa ja rakkautta he minussa saavat aikaan. Näiden neljän rääpäleen jälkeen mikään maailmassa ei enää ollut niin kuin ennen.

Työttömänä 23 päivää.

Valinta on tehtävä. Joko jatkettava tätä jatkuvaa odottamista: kyllä vielä jostain löytyy jotain ja etsittävä päivittäin uusia työ- paikkoja ja väsättävä uusia hakemuksia. Tai...

Tosin paljon kehitettävää löytyy kyllä työnhaun saralla. Nämä järjestelmät lähes jokaiseen avoimeen työpaikkaan ovat erilaisia ja kun niihin raahaa työhistorian 80-luvun alkupuolelta ja opiskeluhistorian lisäkoulutuksineen vähän pidemmältä ajalta, niin äkkiä siinä muutama tunti päivässä hupenee. Kuntapuoli saa kiitosta siitä, että sillä on sama pohja kaikille kunnille ja kuntien avoimille töille. Valtiolla samoin. Nekin voisi kyllä hyvin yhdistää: kunnat ja valtiot. Yksityiset työnantajat tahtovat brassailla omilla järjestelmillä ja niitä täyttäessä miettii kyllä monet kerrat, että haluanko ihan oikeasti tälle työnantajalle työntekijäksi. Ja haetaanko tähän paikkaan ihan oikeasti työntekijää. Vai onko tämä vain testi sille, että miten hyvää porukkaa voisi rekrytoida, jollei paikkaa olisi jo luvattu apulaispäällikön veljenpojalle Keijolle. Ja kuka hemmetti nämä kymmenet ja kymmenet hakemukset oikein lukee kun kaikissa työpaikoissa itketään kiirettä ja ajan riittämättömyyttä.

...tai sopeutuisinko tilanteeseen: työtön. Ammatti: työtön. Tulevaisuuden suunnitelmasi: työtön. Haaveammatti: työtön.

Kolme vuotta tekee työmarkkinoilla paljon. Kolme vuotta sitten olin kolme vuotta nuorempi, lähempänä viittäkymmentä kuin kuuttakymmentä. Nyt, 55- vuotiaana olen lähempänä kuutta- kymmentä vuotta kuin viittäkymmentä. Työmarkkinoilla luvut pyöristetään kuin kaupan kassoilla sentit. Pyöristetään seuraavaan viidellä jaolliseen.

Nyt henkilöllä, joka on 60-vuotias, on eläkeikään vielä aikaa kolme vuotta ja kuusi kuukautta. Minulla eläkeikään on aikaa vielä kymmenisen vuotta. Vaikka vuodet vierivätkin nopeasti, niin työelämässä kymmenen vuotta vasta onkin todella paljon. Varsinkin jos ei ole töitä. Sillä vasta kymmenen vuoden jälkeen sitä on eläkkeen alarajassa kiinni, ja siitä vasta pitäisi alkaa keräämään eläkettä. Mutta kun ei tahdo yltää edes siihen alarajaan työssä olevana työntekijänä.

*Jos vielä huomioi sen, että en ole ajatellut enää lisätä per-
hettä enkä pitää äitiyslomaa enkä vanhempainvapaata, olen
työmarkkinoilla tosi hyvä sijoitus. Lisäksi olen terve, en käytä
lääkkeitä, peruskuntoni on hyvä ja elämänasenteeni on posi-
tiivinen, olen suorastaan unelma työntekijä. Minusta on vielä
moneksi. Viimeisin tutkinto on vuoden takaa, joten tieto-taito
on erinomaisessa kunnossa ja uteliaisuus uusiin asioihin voi-
missaan. Vuosien matkassa on tullut paljon myös elämänkou-
lua ja vastuuta, jota ei voi missään valmiina pakettina ostaa.
Se on sitä osaamista, jota saa vasta kun on lähempänä sitä
kuuttakymmentä kuin kolmea- kymmentä.*

*Ulkonäkö ei voi myöskään olla syy työpaikatta jäämiseen.
Kosmetiikkateollisuus kyllä antaa meille paljon evästä, jotta
voimme toimia lähes samalla viivalla on ikä mikä tahansa. Ja
jos oikein koville ottaa, niin plastiikkakirurgiaa on tarjolla niin
koti- kuin ulkomailla.*

*Itkemällä ja valittamalla ei työpaikkojen ovet aukea. Ei nari-
nalla eikä luovuttamisella. Asenne ratkaisee myös paljon. Olen
päättä- nyt kirjoittaa kaikkiin papereihin (lukuun ottamatta
te-toimistoa, liittoa ja kelaa), että ammattini on Etsivä. Koska
on olemassa etsivää nuorisotyötä, enkö minäkin voisi käyttää
tuota etsivä -sanaa. Etsivä. Heti vaikuttaa siltä, että olen dy-
naaminen, eteenpäin menevä, tavoitehakuinen, utelias, virkeä
ja luotettava.*

Ammatti: Etsivä

*Ps. Ja vielä sen verran on muistia jäljellä, että tiedän mitä
etsin. Työtä.*

Hain lapset kerhosta ja roska-auto ajoi meitä vastaan.
Oli talvikeli, tienpinta oli liukas – jäinen, ja ajoin aivan
liian lujaa – se myönnettäköön. Mutta oli kiire, Eläkeläinen
tarvitsi autoa kun oli lähdössä töihin. Eikä kotitiellä juuri
koskaan kukaan tullut vastaan. Paitsi nyt. Roska-auto. Kun
kuorma-auton nokka näkyi mutkan jälkeen, ajattelin (voiko
ihminen todella ajatella kaikessa siinä ratinpyörityksessä ja

jarrun polkemisessa yhtään mitään), että nyt, kohta, pian kirskuu metalli ja voi hyvä tavaton! Mutta samassa – usko tai älä - näin enkelin istuvan siinä olkapääni kohdalla oikealla ja räpyttelevän mahdottomas- ti siipiään. Enkeli, jolla oli lyhyet jalat (eihän se muuten olisi mahtunut siihen penkinnojan ja katon väliin). Siinä se kuiten- kin istui tiukka katse eteenpäin suunnattuna siipiään hurjasti räpyttäen. Ja niiden siipien voimasta automme kohosi lumisen penkan yli ja tsup – me lensimme ja laskeuduimme pehmeästi höttöiseen lumeen ojan pohjalle. Emme osuneet ojanpenkalta esiin työntyvään kiveen emmekä roska-autoon. Omaishoitaja, Viranomainen, Sairaanhoitaja, Valantehnyt ja minä, me kaikki istuimme au-tossa hetken täysin hiljaa - vain hyvin pienen hetken - ja sitten alkoi hulina ja säksätys: "Oletteko kunnossa, sattui-ko kehenkään, onko kaikki kunnossa, älä nyt itke, Sairaan-hoitaja itkee, Hiljaa nyt lapset, eihän tässä mitään…" Vanha Volvo säilyi eheänä, puhtaaseen koskemattomaan vitilumeen vajonneena ojan pohjalla. Enkeli oli lähtenyt pois selkänojal-ta, lapset ja minä kömmimme ulos autosta. Roskakuskista löytyi uusia ulottuvuuksia: hän piti meille saarnan turvalli-sesta ajonopeudesta, lasten huomioimisesta ajettaessa ym. Saarnasta ei jäänyt mitään yksittäistä kohtaa mieleeni. Mutta siinä kohtaa ajan aina hitaasti, varoen.

Lienee kuitenkin selkeintä aloittaa tarina Reinosta. Eli siitä syksystä kun Reino hukkui ja pieni ojapahasemme sai ni-mensä.

Jos itse ihastuu johonkin paikkaan, niin luultavasti myös paikka voi ihastua sinuun ja toivottaa sinut asujakseen. Niin minusta tuntui silloin kun syksyllä 1999 muutimme Kanga-sahon tilalle. Tilus on puolenhehtaarin kokoinen, aivan kuin Nalle Puhilla.

Koska älykkyytemme on Nalle Puhia parempi, emme kos-kaan ole eksyneet tälle tontille. Palstalla on 50-luvulla ra-kennettu rintamamiestalo, jota Eläkeläinen sanoo keltaisek-si, minä oranssiksi ja hienostuneet ihmiset okran väriseksi. Lisäksi pihapiirissä on navetta ja vanha laho hirsinen löyly-huone. Tämä tosin purettiin ensimmäisenä kesänä ja tilalle rakennettiin vanhalle pohjalle uusi punainen sauna. Eläkeläinen on positiivinen mies, joten talosta hän on todennut, että vaikka "mökki lahoaisi niin uudet alumiinirunkoiset ikkunat ainakin säilyvät meidän elon ajan".

Talossa on alhaalla iso tupa-keittiö, jossa on vanhanajan leivinuuni nurkassa. Romanttisessa mielikuvassani näin kuinka se tuo ihanaa lämpöä paukkuvalla pakkasella pureviin talvi-iltoihin ja antaa elävän tulen loimutusta suuluukuistaan. Eläkeläisen mielestä se on oiva paikka heittää kaikki ylimääräinen käsistä: uunin päälle voi tallettaa kaapelikerän, porakoneen, tutkapannan, villasukat, kumisaappaat. Keräilykohteita voi olla lukemattomia.

Talon alakerrassa on myös kaksi huonetta ja vanhaan maitokomeroon rakennettu vessa. Kellarikerroksen "sähkösauna" on raakalaudasta betoniseinään pultattu komeus. Yläkerrassa on väljää tilaa: vintti. Sinne voi kerätä kaiken sen, mikä ei leivinuunin päälle mahdu.

Alkujaan Reinoja oli kaksi. Vasemman jalan Reinon katoa- minen alkaa synkästä ja syksyisestä illasta, jolloin vietimme uuden kotimme tupaantuliaisia sisaren perheen kanssa. Illan päätteeksi sisar, lankomies ja heidän lapsensa lähtivät kotiinsa. Silloin useamman tervetuliaismaljan ottanut Eläkeläinen muisti, että koira pitää vielä käyttää iltapissalla. Eläkeläinen siis laittoi koiralle pannan kaulaan, otti tukevasti hihnasta kiinni ja lähti viemään koiraa tarpeille.

Tuuli ulvoi ja raastoi viimeisiä lehtiä puista, hiekkatie oli märkä eikä yksikään katuvalo palanut, sillä niitähän ei ollut. Ihminen ei voinut nähdä edes kättään, ei edes Eläkeläinen. Tätä kaikkea uhmaten Eläkeläinen vei miehen parhaan ystävän, koiran, pissalle. Päällään Eläkeläisellä oli vain lyhyet kalsarit ja jaloissaan Reino-tossut. Tarkoitushan oli vain piipahtaa pihalla.

Kellon viisarit tikittivät eteenpäin. Ei kuulunut miestä, ei kuulunut koiraa.

Vihdoin, monen tovin kuluttua, sisään astuu sekä koira että mies. Koiran katseesta näkyy syvä häpeä ystävän puolesta, jolla on vain toisessa jalassa Reino, toinen jalka on ilman tossua.

Reino oli saanut kohtalokkaan lopun ja hukkunut ojaan. Kertoessaan jälkeenpäin tilanteesta Eläkeläinen toteaa, että hänen piti ojaan pudottuaan tehdä pikainen ratkaisu: joko antaa koiran mennä tai Reinon. Koska hyvä isäntä ei päästä ajokoiraa yksin syksyiseen yöhön, Reino lähti ja sai viimeisen lepopaikkansa kuraisesta ojasta. Täten nimettiin elinympäristömme ensimmäinen paikka hävinneen tohvelin mukaan Reino-ojaksi.

Työttömänä 24 päivää.

Uusia hakemuksia tehty. Suomi lepää Sipilän hallituksen har teilla. USA luottaa Trumpiin ja Putin kantaa Venäjää vahvoilla olkapäillään. Voisiko mikään olla huonommin.

Voisi. Työttömyyspäivien lukumäärä voisi olla jo 42. Tosin silloin saattaisi arvella milloin seuraava tulo olisi pankkitilille siirretty. Nyt voi vain arvailla, onko hakemusta edes alettu käsitellä. Toivonkin, että työttömyyspäivärahatoimistoon asetettaisiin kamerat, jolloin voisin livenä seurata millä pöydällä on minun hakemukseni. Voisin välillä huutaa etuuskäsittelijälle, että: "Hei, panehan vähän vauhtia siihen työhösi." Ja: "Kotiin et kyllä lähde ennen kuin minun etuuteni on käsitelty." Itse asiassa Bernerin mustalaatikko systeemi voitaisiin ottaa käyttöön erilaisissa etuuskäsittelyissä. Ensin hakemukseni saisi pienen sirun, jonka työntekijä X merkitsisi omaksi hoidettavakseen. Sen jälkeen saisin sekä hakemukseni sirun ja hakemusta käsittelevän henkilön sirun seurattavakseni. Ja jos vaikuttaisi siltä, että käsittelijän siru olisi ajautunut liian kauaksi hakemukseni sisältämästä sirusta, voisin esim. soittaa käsittelijälle ja ohjeistaa hoitamaan työnsä: "Nyt olet lomaillut liian kauan, täällä hakemus odottaa sinua." Tai muistuttamalla, että: "Kiky sopimusta tulee noudattaa vaikkei olekaan kellokorttia!"

Ja voisin kyllä hoitaa valvonnan itse, siihen en tarvitsisi pos-

tia enkä taksia, kuten jossain vaiheessa pohdittiin. Positiivinen asenne on kuitenkin valtaa. Mitä hyötyä on olla työttömänä?

Ensimmäisen viikon aikana sitä ei oikeastaan huomaa. On kuin olisi pidennetty viikonloppu ja muutama lomapäivä. Rahaa on vielä mukavasti lopputilistä jäljellä. Matkaa voisi suunnitella. Kaupungilla voisi käydä. Ja on pitkän aikaa tehnyt mieli uutta mattoa. Nyt on aikaa ja rahaa ostaa se.

Toinen viikko. Työttömyyden alkaa pikku hiljaa havaita. Ei tarvitse nousta säännölliseen aikaan. Eikä mennä nukkumaan säännölliseen aikaan. Voi hengailla iltasella, katsoa jokaisen katsomatta jääneen turhan ohjelman ja aamulla juoda aamukahvi lounasaikaan. Ja lounaan voi jättää välistä ja syödä milloin haluaa. Jääkaappi alkaa kyllä pikku hiljaa olla melko tyhjä, mutta vielä löytyy vanha hiiva ja kaapista jauhoja, jolloin voi tehdä vaikka sämpylöitä. Pitkästä aikaan. Olisi aikaa vaikka käydä kyläilemässä - mutta pahus - kaikki ovat töissä ja eläkeläiset mökillä tai lastensa hoivissa. Ja iltasella ei kyllä halua enää ajaa mihinkään, kun kauppareissu on tullut tehtyä. Menee vaan turhaan bensaa. Mutta muuten, tämä on aika kivaa. Tosin vähän huono omatunto kun ei ole jaksanut juuri siivota, mutta onhan sitä aikaa huomennakin. Tai ensi viikolla.

Kolmas viikko. No, ensimmäinen raha-anomus tehty. Huh! Kylläpä otti voimille. Jokapäiväinen aamunavaus (tai puolenpäivän) kahvin jälkeen: työmarkkinatilanteen tarkastelu. Uusia työpaikkoja tullut lähes 20 eilisen päivän jälkeen: rakennusinsinööri, voimalaitosasiantuntija, konsultoiva psykiatri, hammaslääkäri (neljä kappaletta), kesätyöpaikkoja 2017, fysioterapeutteja 3 kpl, sairaanhoitajia 8 kpl. Niin ja ne kymmenet ja kymmenet myyntiedustajat, alue-edustajat ja myyjät, joille on tarjolla lehtien, puhelinliittymien ja B to B tai B to C myyntiä: "Sopii vaikka lisäedustukseksi tai sortimenttia lisäten päätoimiseksi." Etteikö ole avoimia työpaikkoja – mitä? Sen verran vielä itsetunnon arvoa, ettei ihan kaikkiin hakemuksiin vastaa. Mutta toisaalta, jos lähettäisi hakemuksen kaikkiin, niin onnistuisiko sitä saamaan jonkun paikan? Päätän miettiä asia huomenna. Tai ylihuomenna. Tai ehkä joskus.

Neljäs viikko. Menossa paraikaan. Olen jo tarttunut kynään ja paperiin. Tai wordiin ja näppäimistöön. Olen päättänyt kertoa tuntoja päivittäin. Tai siis nyt olen päättänyt. Huomenna on 25. päivä tammikuuta. Saattaa olla, että en enää silloin kirjoita. Jaksan kuitenkin edelleen seurata maailmanpolitiikkaa ja kotimaan uutisia. Mielestäni se on hyvä juttu. Vaikka viihdeuutiset alkavat vaikuttaa huomattavasti paremmilta. Eivät tunnu niin ahdistavilta.

Tosin tänään kävi kyllä sääliksi se kahdeksan lapsen äiti, "Octomum" , joka elää sosiaaliturvan varassa ja ei saa töitä kun on niin kaunis. Riesa se on kauneuskin, joten taas on yksi hyvä syy olla tavallinen taatelintallaaja. Ihmettelin kyllä, kenen tavallisen eukon kuvia olivat laittaneet siihen artikkeliin. Olisi ollut niin kiva katsoa, millainen on kaunis nainen.

Työttömänä 25 päivää.

Nyt on sitten jälkikasvukin äidistään huolestunut. Tänään havaitsivat lähes maailmanloppuun viittaavan asian: Äidin herkkukaappi on tyhjä. Ei edes vanhaa vuosi sitten ostettua lakupussia löytynyt siivotusta kaapista.

Niin käy kun on liikaa aikaa eikä käy ihmisten ilmoilla. On aikaa siivota kaappeja ja muuta elinympäristöään. Siinä olen kyllä ollut melko tehokas, olen siivonnut lapsetkin kohta ulos taloudesta.

Tosin ovathan nämä jo aikuisia, joten en sentään ole syyllistynyt heitteillejättöön, vaikka palaute vaikuttaa siltä, että siihen suuntaan on menty. Omaisuutta olen jakanut ja ilmoittanut, että kotini ei ole museo eikä keskusvarasto. Hivenen on kyllä huono omatunto. Mutta nyt kun on aikaa lukea, niin tammikuisesta naisten lehdestä tavasin, että oikein olen toiminut. On se hyvä, että löytää vahvistuksia teoilleen erilaisista tiedonlähteistä.

Ei, ei tähän työttömän eloon ole loppujen lopuksi vieläkään tottunut. Ehkä sitten tottuu kun ei enää seuraa työpaikkoja.

Taidanpa siis jättää työnhaun sikseen. Helpompi olla kun ei edes odota mitään työhön liittyvää tietoa.

Tässä itsepiehtaroinnissa kyllä huomaa itsestään kaiken-laista vähemmän miellyttävää: katkeruutta. Syy on tosin ym-märrettävä: minä tammikuun alusta alkaen työttömänä ollut joudun hoitamaan oman työttömyysmarkkinoinnin ihan itse. Ei tule jeesaamaan Iltasanomat eikä Iltalehti. Niin ovat täy-sin välinpitämättömiä minun tilanteelle. Toisin on Palanderin eukolla. Iltapäivälehdistö on oikein isolla otsikolla kiirehtinyt apuun: Riina-Maija Palander ilmoittautui työttömyyskortis-toon – korkeasti koulutetulle tarjottiin tiskarin hommia. Kuka on Riina-Maija Palander?

Niin ne jotkut saavat. Ensinnäkin tositv-julkkis (miehensä varjossa tietoisuuteen tullut) sai tämän valtakunnallisen ilmoi-tuksen, että "yksi työntekijä täällä tarvitsee duunia". Ja sitten kun jotain tarjotaan, niin kehtaa vielä naurahtaa, ettei tarvitse tiskarin töitä kun saa sitä hommaa tehdä kotona. Himskatti. Jos minulle tarjottaisiin vaikka siivoustyötä, niin en kyllä kiel-täytyisi siksi, että sitä saan tehdä kotonakin. Saahan sitä tehdä kotona vaikka toimistotöitä: ottaa koneen esille ja naputtelee. Arkistohommia: kaikki vanhat maksetut laskut uuniin ja ar-kistointi alkaa olla kunnossa. Ostajan töitä: kauppaan vain ja sillä sipuli. Myyjän töitä: kirpputorille vanhoja tennareita kaupittelemaan. Että pistää vihaksi. Ja samassa tekstissä kun vielä luettelee, että Espanja oli vain sellainen vuoden kokeilu, ei ollutkaan se oma paikka, jossa viihtyi. Ja Viron kartanoa ei myydä vaikka muutetaan Tornioon, jahka hän sieltä löytää työpaikan (korkeasti koulutetulle).

Onnea vaan, torniolaiset. Kyllä te työttömät siellä saatte ihan rauhassa olla, ei teiltä tiski- eikä siivoushommia aina-kaan viedä, jos sellaisia siellä sattuu olemaan.

Meinasi kyllä ihan unohtua toinen tämän päivän vitutus-ai-he. Se, että Bernerin rouva sai kivasti työllistettyä konsulttifir-moja yli 300 000 eurolla. Monikohan muuten niistä firmoista oli Sipilän sukulaisten omistuksessa. Ja kuinka monta kilomet-riä tietä tuolla summalla olisi voitu ensi kesänä korjata.

*Taidan alkaakin konsultiksi. Olenhan jo aiemmin työsken-
nellyt konsulenttina, ja ainahan sitä saattaa tulla kirjoitusvir-
heitä; konsulentti, konsultti, konsuli. Taidanpa lähettää Ber-
nerille tarjouksen, josta ei voi kieltäytyä: Eräs kunniakonsuli
tarjoaa Kankkulan kaivoa. Siitä Anne varmaan pitää, onhan
se suora jatkumo edellisiin toimiin.*

Työttömänä 28 päivää.

*Nyt menee hienosti. Päiväkahvilla samanaikaisesti tyttä-
ren ja Eläkeläisen kanssa, niin tytär toteaa: "Tiedätkö mitä tuli
mieleen? Ihan kuin olisin omaishoitaja kun olen teidän kanssa
kahvilla." Upeaa. Kyllä se aika vierii nopeasti. Vajaa kuukausi
sitten oli iso juttu työttömäksi jääminen - nyt jo omaishoitajan
suojissa. Ja jotta saisin ihan tuntea epätoivoa, niin Eläkeläinen
katsoo seuraavan viikon säätä: "No ensi viikolla ne lumet sit-
ten sulavat. Pääset sinäkin haravoimaan niin ei tarvitse olla
työtön."*

*Muuten menee hienosti. Lauantai on hyvä päivä, koska
silloin ei tarvitse odotella, että puhelin soisi. Työttömällekin
tämä on lepohetki. Lauantaisin ja sunnuntaisin eivät myös-
kään puhelinmyyjät soittele. Onkohan puhelinmyyjille sanot-
tu, että antaa ihmisten huilia ja pitäkää tekin vähän taukoa
myyntihommissa. Joten lauantaina ja sunnuntaina voi elää
ilman turhaa pelkoa (puhelinmyyjistä) ja ilman toivoa (työ-
tä tarjolla). Joten tulee nauttia tästä toivottomasta pelosta tai
pelottomasta toivosta - kummin vain. Viikonpäivät kyllä me-
nevät melko nopeasti sekaisin. Kun ei ole mitään sovittua, niin
ei ole niin nöpön nuukaa onko tiistai vai torstai. Omalla taval-
laan huvittavaa, että muutama päivä kuluu, ettei edes tiedä
ollaanko alku- vai loppuviikossa. Kun muistelee, mitä minäkin
päivänä teki tai missä kävi, ei saa yhdestäkään päivästä otetta.
Jos mitään ei tapahdu, niin samaa harmautta ne kaikki päivät
ovat. Ohi kuitenkin.*

*Lauantain kunniaksi tein Putous-hahmo kyselyn, ketä muis-
tutan eniten. Olisihan se pitänyt arvata nimen perusteella il-
man testiäkin: Aina Inkeri Ankeinen.*

Muuttaessamme Kangasaholle Eläkeläisen hirvenmetsästys oli parhaimmillaan eikä muuttaminen sopinut hänen aikatauluun. Minulle ja lapsille se taas sopi. Halusin muuttaa mahdollisim- man pikaisesti, sillä mitä sitä omalla kodilla tekee jos siellä ei asu? Avukseni muuttoon sain varhaisteini-ikäisen kummipoikani ja hänen kanssaan kannoimme kaikki taloon jätetyt huonekalut tallinylisille. (Josta niitä vuosien mittaan olen kantanut takaisin sisälle.) Omaishoitaja, Viranomainen, Sairaanhoitaja ja Valantehnyt leikkivät kylmässä tuvassa ja minä yritin viritellä tulta kammareitten uuneihin ja leivinuuniin. Virittelyn takia tuuletusta tarvittiin useaan otteeseen. Muuttohysterian keskellä Viranomainen sai pahan virtsatietulehduksen ja makasi viikonlopun uunin viereen kannetussa päästävedettävässä sängyssä. Talon ainoassa sänkyssä. Kun maallinen omaisuus oli lopulta saatu siirrettyä uuteen kotiin, ilmoitin Eläkeläiselle, että me jäämme tänne yöksi. Varustuksena oli keittiön pöytä, päästävävedettävä sänky, kaappi, kirjoja täynnä oleva kirjahylly sekä uunissa kosteita, käryäviä puita. Sähköpatterit olin kantanut välittömästi ullakolle - me emme lämmitä sähköllä vaan puilla.

Seuraavalla viikolla kun kissa ja koirat oli tuotu uuteen kotiin ja hevoselle siivottu talli sekä rakennettu aitaus, oli koko perhe vihdoin kotona. Seikkailu oli alkanut.

Muutettuamme Eläkeläinen sai huomata, että emännän ääni oli tallessa. Isän perintöä. Edellisessä asuinpaikassa Eläkeläinen oli ensimmäisenä kuullut tulevan appensa äänen kaikuvan yli kuusikon, ja nyt hän sai kuulla vaimonsa raikuvan karjumisen. Eläkeläinen oli metsällä ja minä seisoskelin pihalla, kun hevonen pillastui juoksemaan. Hivenen vahvemmalla äänellä rauhoittelin hevosta, jolloin kännykkä soi ja Eläkeläinen toivoi, että en huutaisi niin kovaa. Ääni kuulemma kuului kilometrien päähän asti metsään.

Luulin Eläkeläisen pilailevan äänen kuuluvuudella, joten käydessäni tapaamassa uusia naapureita kysyin vähemmän tosissani, että onkos se minun ääneni viime aikoina raikunut teille asti lapsia ja koiria kouliessa. Jolloin naapurin emäntä toteaa: "Ei, ei ole nyt. On tainnut tuulla toiselta suunnalta."

Omaishoitaja osoitti jo pienenä erittäin vahvaa tahtoa. Ja oikeudenmukaisuutta. Olimme silloisen naapurimme 50-vuotisjuhlilla, ja vuoden ikäiselle Omaishoitajalle tuli sanomista leluista itseään hieman vanhemman lapsivieraan kanssa. Vanhempi ja isokokoisempi tytön tyllerö antoi lelun Omaishoitajalle, mutta muuttikin mielensä ja otti lelun pois. Kasasi kaikki näkyvissä olevat lelut ja vei ne pöydän alle piiloon. Omaishoitaja ei jäänyt toimettomaksi. Hän siirtyi myös pöytäliinan kätköihin. Seurasimme Eläkeläisen kanssa jännityksellä, miten käy. Jonkin ajan kuluttua liinan alta tulee vanhempi vieras. Harmissaan ja vaatteet sekaisin, vetoketju revittynä auki. Tämän jälkeen Omaishoitaja kurkistaa liinan alta kädessään taistelukaverita viety lelu. Olimme salaa ylpeitä: kyllä meidän lapsi pärjää - isommalleenkin.

Muuttaessamme uudelle maapaikallemme, oli kylällä toiminnassa oleva koulu. Oppilaita oli kolmattakymmentä ja koulun johtajaopettajana toimi Esa, jonka sotilaskuri herätti pientä pelkoa ja kunnioitusta oppilaissa. Ensimmäisen ja toisen luokan opettajana toimi Sanna, joka lähes joka toinen vuosi jäi äitiyslomalle. Erilaisia ja -tasoisia sijaisia vaihtui kouluvuosien kuluessa.

Esan sotilaskuri tiedettiin myös kirkonkylällä. Jos oppilas ei tullut toimeen kirkonkylän koululla, niin hänet laitettiin kyläkouluun Esan oppilaaksi sääntöjä oppimaan. Ei tarvittu erityisluokkia, kyläkoulu riitti. Esan opetusmetodi oli, että niin metsä vastaa kuin sinne huudetaan. Ajan kuluessa vaikeinkin oppilas oppi säännöt ja koulu sai rauhassa hoitaa tehtävänsä: opettaa.

Kun lapsi varttui, myös ohjia höllennettiin. Harva lapsi voi muistella teknisen työn tuntejaan sillä, että opettajan kanssa oli kahvittelusopimus. Esan tunneilla tämä oli oppilaiden ja opettajan kanssa yhdessä sovittu tapa. Siihen kuului, että vuorollaan jokainen oppilas tuo kahvipullat ja opettaja keittää kahvit perjantain käsityötunnille. Jostain syystä kyseiset tunnit olivat erittäin suosittuja.

Kylällä asui perhe, joka oli muuttanut samoihin aikoihin kylälle kuin me. Perheessä oli samanikäisiä lapsia kuin meillä ja usein koulupäivän päätteeksi saimme lapsiltamme tilanneselostuksen tämän perheen kuulumisista. Perheen isä oli metsuri ja äiti oli kotiäitinä.

Kouluun mennessä ensimmäinen suurempi haaste Omaishoitajalle oli havaita, että opettaja onkin pomo. Opettajan tehtyä selväksi, että opettajana hänellä todellakin on oikeus johtaa luokkaa ja neuvoa oppilaita, omaksui Omaishoitaja nopeasti varajohtajan toimen. Tilanne oli toisaalta hyvä, toisaalta huono. Omaishoitaja kun oli (äitiinsä tullut) toiminnan ihminen. Kun jotain piti tehdä, se oli paras tehdä heti, välittömästi. Opettajan komentaessa oppilaat riviin pituusjärjestykseen, toimi tämä reipas ekaluokkalainen ja siirsi väen oikeille paikoilleen. Opettaja saattoi vain katsoa ja todeta, että valmista tuli.

Eräänä aamuna Omaishoitaja kyllästyi luokan järjestykseen ja muutti istumajärjestyksen. Tästä uudesta järjestyksestä kaverit eivät olleet kovin innostuneita, mutta Omaishoitajan mielestä se oli täydellinen. Jälleen opettaja joutui muistuttamaan, että hän määrää paikat, ei Omaishoitaja.

"Huonekaluvalssin" eli huonekalujen siirtelyn Omaishoitaja on oppinut minulta. Eläkeläisen mielestä olen muutaman kerran innostunut liikaa. Ensimmäisen kerran silloin kun kymmenen aikaan illalla otin löytämäni maalipurkin ja maalasin makuuhuoneen ruskeat ovenkarmit valkoisiksi. Sinä yönä ei siinä maalin katkussa voinut nukkua. Toisen kerran Eläkeläinen koki järkytyksen tultuaan iltavuorosta kotiin. Sahasin juuri kirjahyllyn jalkoja poikki, jotta saisin hyllyn mahtumaan kohtaan, jossa katto oli matalalla.

Ikimuistoinen hetki oli se, kun tein makuukammarista ruokailuhuoneen ja siirsin kuningaskokoisen vesisängyn olohuoneeseen. Sinä iltana ramaisi: on kova työ imeä vesipatja tyhjäksi ilman pumppua. Voimat uupuivat ennen kuin sänky oli saatu koottua ja täytettyä. Nukuimme siis vaihteeksi lattialla.

Täällä puolen hehtaarin metsän mökissä olen tehnyt vain pieni- muotoisia huonekalujärjestelyjä: kuten siirtänyt rottinkisen sohvan uuteen paikkaan. Eläkeläinen ei muistanut istuimen paikkaa kun meni vastaamaan puhelimeen. Tuloksena oli murtunut varvas ja sairaslomaa. Lohdutin Eläkeläistä, että onneksi se ei ollut täysipuinen keinutuoli. Olinhan kokeillut sitäkin siihen kulkureitin varrelle.

Etsivänä 30 päivää.

Nyt ymmärrän miksi oli huono valinta valita sana "etsivä" työttömän paikalle. Nyt kun kirjoitin sen, tuli aivan sekapäinen, pyörryttävä olo. Ikäänkuin olisin nyt 30 päivää vain pyörinyt ympyrää ja etsinyt jotain. Työtön on sentään jumahtanut jotenkin paikalleen - ymmärtää ettei se siitä miksikään muutu, vaikka asiaa kuinka kääntää: Jos olet työtön niin ole työtön. Kunniallisesti. Etsivä taas on sen verran uusi näissä kuvioissa, että mitään tolkkua ei tule, on kuin häntäänsä etsivä koira.

Enää 12 päivää, niin sitten koittaa tuo aiemmin pelkoa mielessä aiheuttanut 42. päivä. Ehkä jotain traumaa on jäänyt edellisestä työttömyyskerrasta ja päivärahan maksusta. Silloin työttömänä ollessani työttömyyskassa ensin odotti, että kuu on täysi, sen jälkeen odotti vielä puoli kuuta peipposesta ja etana, etana, näytä sarves. Miksi ei päivärahoja kuulu? Kerjäämäänkö sitä on lähdettävä. Kun syy rahojen saapumattomuuteen vihdoin selvisi, niin syyhän oli vallan järkevä: Etuuskäsittelijä oli sairaslomalla. Onneksi ei jäänyt eläkkeelle. En olisi saanut vieläkään rahoja.

Tästäpä tulikin mieleen yksi ihanuus työttömänä ollessa. Voi ulkoilla koska haluaa. Ei tarvitse työhyvinvointipäivää eikä jär-

jestettyä ohjelmaa. Siitä vain panee kumisaappaat jalkaan ja heittää karvareuhkan otsalle ja lähtee ulos. Ja oli ilma mikä hyvänsä, niin koiranhyväkkäät ovat aina yhtä iloisia. Vähän toista kun työhyvinvointipäivänä, jolloin pitäisi olla mieli korkealla kun pääsee ulos, pois arjen rutiinista. Yleensä sitä alkoi heti miettimään, että mihin aikaan sitä kehtaisi tai voisi lähteä pois ja onko pakko pitää kivaa. Onko pakko lähteä johonkin, eikö voisi olla vain omissa töissään ja sitten valua kotiin.

Koirakaverit eivät arvuuttele, olenko lomapäivällä vai työttö mänä. Niistä on todella mukavaa kun pääsevät lenkille ja uusille maisemille. Ja mitäpä sitä muuta kuin nauttia. On ankea harmaus tai auringon paistetta, niin yhtä hyvä mieli sitä on lenkin jälkeen. Happi on kyllä ihmeellinen juttu.

Toinen upea juttu työttömänä on se, että saunan voi lämmittää aamusella vaikka kello kahdeksan tai iltapäivällä kello neljätoista. Tai vaikka keskellä yötä, jos siltä tuntuu. Ja sitten istua löylyssä ilman huolen häivää, sillä saunassa ei voi märehtiä ikäviä asioita. Jos siis joskus näet tuolla puistossa ja pusikoissa herroja, joskus myös rouvia, jotka vaikuttavat työttömiltä, niin sitä he eivät välttämättä ole. Luultavasti ovat työhyvinvointipäivää viettäviä. Tai sitten muuten vain osaavat ottaa rennosti

*T*yöttömänä 31 päivää.

Maailma ei ole vielä valmis uudelle ajatukselle käyttää työttömästä sanaa etsivä. En minäkään.

Tilanne ennallaan. Ei mitään yhteydenottoja. Ei kiirettä mihinkään.

Käyn katsomassa itseäni peilistä. Kuva näkyy, olen siis kuitenkin olemassa. Huh! - hetken jo pelästyin jos minua ei näkyisi enää peilikuvassa. Ja HUH! minäkö siellä olen!

Eilen yritin piristää tunnelmaa vaihtamalla käsilaukun. Onneksi on vanhaa varastoa, jota voi ottaa uusiokäyttöön. Käsilaukussa ei juuri muoti näy ja vuoden 2009 punainen on edelleen sama punainen kuin oli vuonna 2009. Ihan pirteä ja sisäpuolella raikas sinivalkoinen kuviointi. Tulee mieleen meri.

Kohta se paistaa aurinko niin että nahka palaa ja saa tus-kailla kun on kuuma. Positiivinen mieliala. Eilen kyllä meinasi tulla paniikki kun hain sitä vanhaa kassia komeron nurkas-ta. Entisajan rakenteisiin rakennetun komeron eteen oli tehty muuttavan tyttären tavaroista barrikadi. Oli rahia ja astiaa, liinavaatteita ja muuta mukaan otettavaa. Koska tavarat oli-vat niin somasti pinossa, katsoin mahtuvani komeroon sisään etsimään kadonnutta käsiveskaa raottamalla ovea vain hie-man. Enempää ovi ei antanut periksi, mutta se riitti. Sain hyp-pysiini kassin ja yritin pujottautua komerosta ulos. Himskatti - ei meinannut enää mahan kohdalta päästä käsirivan ohitse. Onneksi näin vanhemmiten kaikki ei ole enää niin tiukkaa - kyllä pehmeä naisellisuus antaa paremmin periksi kuin fit-nesskuntoisen kireä lihas.

Vaikka sama se missä päivänsä viettää - säälin vallassa tie-tokoneella vai pimeässä komerossa.

Aamuisen peiliin katsomisen jälkeen olisi pitänyt valita ko-mero.

Työttömänä 31 päivää.

Nyt alkaa jo tuntua työttömältä. Ei millään enää jaksai-si kehitellä uutta sanaa työttömän tilalle. Freelancer vilahti mielessä, mutta sehän vaatisi jo vähän positiivisempaa otetta. Tuttujen parissa sitä voi olla ihan hilpeästi työtön. Mutta entä se vähän parempi immeinen, joka katselee sinua muutenkin nenänviertä pitkin. Silloin tekisi mieli heittäytyä ihan vapaaksi taitelijaksi, free- lanceriksi. Ainakin puheissaan.

Muistan aikanaan, kun isäni oli mukana konkurssin tehnees-sä yrityksessä, millaista oli muiden ihmisten uteliaisuus ja tie-donjano. Paikallisen kioskin myyjä oli ulosottomiehen vaimo. Yleensä rouva ilmoitti kipsan luukulla meille keskenkasvuisille, että "pitäkääpäs nyt vähän kiirettä sen valinnan kanssa, tänne sisälle jäätyy."

Sillä hetkellä kun tieto konkurssista oli saapunut rouvan korville, minä olin kuningatar luukun ulkopuolella; minulla

oli sisäpiirin tietoa, jota rouva himoitsi: "Mitenkäs nyt, miten-
käs teillä nyt? Meneekö talo?" kioskin rouva uteli. Omituinen
huumorintajuhan minulla oli jo lapsena. Ja taisin tietää jotain
myös ihmisluonnosta jo silloin, kun ilmoitin rouvalle sen mitä
tämä toivoikin: "Kaikki meni. Mitään ei jäänyt. Ei ole kotia. Ei
ole ruokaa." Ja valitsin irtokarkkeja rouvan hytissessä luukulla.
Mutta palvelu oli kerrankin hyvä.

Tosin aika oli silloin monella muullakin tavalla toinen. Ei ol-
lut vielä freelancereita vaan oli työmiehiä. Eikä ollut juuri työt-
tömiäkään vaan oli Urho Kekkonen.

Joskus kyllä miettii (varsinkin näin työttömänä on aikaa
miettiä), että mihin ihmeessä on kiire. Muistelemani konkurs-
sin aikaan ei ollut tietokoneita ja kyllä hommat hoituivat. Oli
hienoja laskukoneita, joissa juoksi paperirulla. Siihen paperiin
numerot kirjautuivat (olen nähnyt niitä käytettävän edelleen).
Ja kirjoituskone. Siinä vaiheessa siinä ei vielä ollut sähköä,
mutta sekin tuli. Jopa yhden rivin näyttöineen. Ja vaikka rivi
kerrallaan sitä kirjoitti, niin valmista tuli silti.

Ja tietoa piti hakea 24-osaisesta Uusi Tietosanakirja-sarjas-
ta, johon sai vielä kaksi täydennysosaa. Tai sitten piti käydä
kunnankirjastossa. Järisyttävän pelottava paikka palokunnan
yläpuolella. Ruskea kalustus ja keskellä kirjastosalia istui kir-
jastonjohtaja Unto, kansakoulun kunnioitettu opettaja. Kuis-
katen piti kysyä, että mistäköhän saisi tietoa esihistoriallisista
elefanteista. Ja silloin ei tarkoittanut kirjastonhoitajaa itseään.

Asiat ehdittiin hoitaa ja valmista tuli. Nyt kukaan ei kuulem-
ma ehdi enää kunnolla mitään. Viimeisetkin vapaa-ajankäy-
tön ongelmat ratkaisi Sipilä kikyineen.

Mutta toisaalta - eihän silloin ollut blogejakaan. Eikä kotona
tietokonetta. Eikä mitään muuta, joka auttaa työttömän pysy-
mään edes kuvitteellisesti järjissään. Joten hyvä näin.

Sain väliaikatiedon yhdestä työpaikasta, jota olin hake-
nut. Hakemuksia oli tullut yli 150. Mutta vain himpun yli. Ja
haastatteluun kutsutaan sitten kolme tai viisi. Tässä vaiheessa
hävitän tätä työpaikkaa koskevan viestin. Tuosta määrästä ja
tällä iällä. En unta näe.

Itseäni vähän häiritsee kun koko ajan huomioin ikäni. Minulle on varmaan tullut ikäkriisi. Olen päättänyt lopettaa tämän ruikuttamisen iästä. Olenkin suunnitellut, että muokkaan työhakemukseni. Laitan siihen vähän enemmän taustaa:

"Isoäiti, ikä 100 vuotta, 6 kuukautta, 2 päivää: elossa. Asuu itsek- seen, mutta toivotaan, että pääsisi hoitokotiin vaikka onkin liian hyväkuntoinen sinne (viranomaisten kanta)."

Jätän hakemuksessa kertomatta, että mamma on kaatunut kahdesti viimeisen kuukauden aikana: ensin murtui lonkka. Ei haitannut, oli jo parin päivän päästä leikkauksesta liikkeellä rollaattorillaan. Teräsmamma. Kotiutettiin.

Kaatui uudelleen kotona, ilmarinta. Ei hätiä. Puhaltelee ilmapalloja sairaalaklovinina.

- Tämä menee varmaan liian pitkälle. Pysyn totuudessa. - On sairaalassa, toivotaan kotiutuvan mahdollisimman pikaisesti viemästä sairaiden ja heikkojen paikkaa. Ja mamma vain toteaa: "Kyll mie täst selviin."

Jätän hakemuksesta pois turhat pölinät ja ilmoitan vain, että vielä olisi muutama vuosi tälläkin työntekijällä tehokasta työskentelyaikaa: yli neljäkymmentä vuotta kevyesti. Ja jos muisti alkaa pätkimään, ainahan voisi palkata niihin tehtäviin, jossa ei juuri järjenvaloa tarvita. Kuten esim. liikenneministeri, pääministeri,...

- Tiedätkö äiti, että Satu värjää ripset?
- Ai niin kuin ripsivärillä?
- Ei kun semmoista ainetta, että vaik-

ka pesee naamansa se ei lähde pois.
- Sitä kutsutaan kestoväriksi.
- Satu ei saanut sitä itse laitet-
tua niin Jussin piti auttaa sitä.
- Vai niin...
- Niin ja sitten joku setä soit-
ti ja pyysi Jussia puhelimeen.
 - ?
- Niin, Ville vastasi siihen puhelimeen ja sanoi,
ettei isä nyt ehdi puhelimeen kun se värjää ripsiä.

Viranomaisen suurin haave oli pienenä saada lemmikiksi kani. Asiaa käsiteltiin perheneuvostossa (äiti ja isä) ja vastaus oli aina sama: ei kania. Syitä keksimme monia ja painavin syy oli se, että kani on eniten allergisoiva lemmikki ja sitä ei voi ottaa kun Omaishoitajalla on ihottumaa ja taipumusta astmaan. Viranomainen oli murheissaan ja totesi kerran kerhosta tultuaan: "Nyt minusta ei sitten ikinä tule puputyttöä". Vanhempina olimme kiitollisia tästä tiedosta.

Viranomaisen toive kyllä toteutui myöhemmin kun Omaishoitajasta tuli kaninomistaja. Ensin käytiin pitkä neuvottelua kanin ottamisesta perheeseen. Eläkeläinen sanoi tiukan: EI. Omaishoitaja lainasi tämän kuultuaan kirjastosta opuksia gerbiileiden kasvattamisesta ja pää tietoa täynnä ehdotti Eläkeläiselle, että hankitaan sitten kaksi gerbiiliä. Tätä jaksettiin jankata joitakin viikkoja, kunnes Eläkeläinen hermostui ja ilmoitti jyrkästi, että yhtään rottaa ei tähän taloon tule. Pehmensi vähän puhettaan ja jatkoi: "Korkeintaan kani. Yksi kani. " Enempää ei sanoja tarvittu. Seuraavana päivänä Omaishoitaja löysikin lehden myydään –palstalta ilmoituksen kaninpoikasista. Vaikka kaksi olisi saanut edullisemmin, pysyi Eläkeläinen päätöksessään. Yksi kani. Ja niin Viranomaisen sisaresta tuli ensimmäinen puputyttö tähän perheeseen.

Viranomainen kävi isänsä kanssa myös jänismetsällä. Kun jänis tuli näkyviin, Viranomainen sanoi, että ei saa ampua pupua. Tämän kerran jälkeen Viranomainen ei enää lähtenyt jänismetsälle.

Viranomainen oppi puhumaan normaaliin aikaan, mutta sitten puhe loppui. Lääkäri tilasi aikaa puheterapeutilta ja menimme Viranomaisen kanssa tapaamaan terapeuttia. Näihin aikoihin Viranomainen kävi myös englanninkielistä leikkikoulua Omaishoitajan kanssa. Eräänä päivänä kun Omaishoitaja oli poissa leikkikoulusta sairastuttuaan, oli Viranomainen hihkunut opettajan tehdessä nimenhuutoa: "I´m here." Ja kun englanninkielinen opettaja kysyi, että miltäs tuntuu, niin Viranomainen rallatteli: "Happy." Samalle päivälle oli varattu ensimmäinen puheterapeutilla käynti.

Viranomainen toimi kuten puheterapeutti odotti: oli vaiti. Kun puheterapeutti kysyi jotakin, Viranomainen puhui vain muutaman sanan ja lässytti kuten arveli, että niin toivottiin. Puheterapeutti ihmetteli, että jotain on vialla ja täytyy tehdä testejä. Kotona emme huomanneet mitään: meistä Viranomainen kommunikoi aivan normaalilla 4-vuotiaan tavalla. Tehtyään ensimmäisen testin terapeutti antoi Viranomaisen leikkiä tietokoneella hakiessaan kansioistaan uutta testiä. Silloin Viranomainen jäi verekseltään kiinni. Hän puhui normaalisti, lässyttämättä. Terapeutti ei meinannut uskoa korviaan, mutta ilmoitti minulle tullessani hakemaan Viranomaista, että terapiat saavat olla, tytössä ei ole mitään vikaa.

Koulussa arviointilomakkeessa opettaja arvioi, että Viranomainen on reipas tyttö, mutta tämän pitäisi välillä osata olla myös hiljaa eikä puhua koko ajan.

Joskus on vaikea tietää mitä meiltä halutaan.

Istun ulkorappusilla Omaishoitaja edessäni ja rapsuttelen tämän päätä. Totean, että hänelläpä on runsaasti tullut hilsettä, jolloin vieressä seisonut Sairaanhoitaja purskahtaa itkuun: "Minäkin haluan hilsettä." - Joskus elämä on niin epäreilua.

Sairaanhoitaja on syntynyt leijonan tähtimerkin alla. Kuningattaremme. Sairaanhoitaja on tulisielu, joka suuttuu nopeasti - ja myös leppyy pikaisesti. Varsinkin lyötyään kerran wc:n oven niin kovaa kiinni, että siinä ollut kokovartalopeili meni sadoiksi siruiksi, Sairaanhoitaja oppi varomaan ovien paukkaamista. En tunne ketään muuta, joka osaa sulkea ovet yhtä hiljaiseti kuin Sairaanhoitaja. Tarvittaessa. Sairaanhoitaja myös tietää mitä haluaa. Jos Sairaanhoitajaa väsyttää illalla ja on vieraita, Sairaanhoitaja käy pesulla ja sanoo: "Hyvää Yötä" ja menee nukkumaan. Vieraat kulkee ajallaan, talo elää tavallaan. Sairaanhoitaja menee nukkumaan silloin kun väsyttää.

Sairaanhoitajalla on suuret ruskeat silmät, joita ihmiset ovat ihastelleet siitä lähtien kun Sairaanhoitaja syntyi. Yhtenä kesänä Sairaanhoitaja löysi paljon metsämansikoita, joka sai sisaret ihmettelemään, miten ihmeessä tämä on voinut löytää niitä niin runsaasti. Sairaanhoitaja totesi itsestään selvänä asiana: "Koska minulla on niin suuret silmät, että niillä näkee hyvin."

Sairaanhoitajan paras ja joskus myös ärsyttävin ominaisuus on rehellisyys. Siksi hän on saanut lisänimen "Totuudentorvi". Ei ole olemassa valkoista valhetta. Jos joku asia ei ole totta, se on valhe. Sairaanhoitaja ei myöskään pehmittele tapahtumia, vaan ilmoittaa asiat niin kuin ne ovat. Koulusta kotiin tultuaan Sairaanhoitaja ei saa edes takkiaan pois päältään kun hän antaa koulun tapahtumista tilanneselostuksen.

Sairaanhoitajan vitsi:
- Mikä on vihreä ja istuu WC pöntön päällä?
- ??????
- Ripulitautinen tomaatti.

Sairaanhoitajan lapsena kuvaamat videot ovat parasta viihdettä mitä voi kuvitella. Sillä kukaan muu ei osaa sanoa sanaa Iittala niin monella eri tavalla kuin Sairaanhoitaja. Valehtelematta.

Työttömänä 33 päivää.

Kyllä niin syvältä ottaa kun tulee taas kielteinen vastaus, vaikka myönteisesti onkin kirjoitettu. Kun ei huolita, niin ei huolita. Vaikka mitä minä muita tästä syyttelemään, oma vikani. Mitäs olen kirjoitellut hakemuksia. Jos en kirjoittaisi, ei tulisi kielteisiä vastauksia. Ja voisin vähän miettiä, miten kurjaa on kirjoitella siellä työnantajapuolella vastauksia: "Kiitos mielenkiinnosta avoinna ollutta työpaikkaa kohtaan... " Joten paras jättää hakemukset kirjoittamatta, selaa korkeintaan niitä avoimia työpaikkoja ja säästää meidän molempien hermoja, työnantajan ja omiansa. Mutta kyllä ottaaa päähän, tekisi mieli sanoa...

Onneksi kuuntelin radiota, jossa kerrottiin, että tänään on se päivä, jolloin saa laulaa niin paljon kuin ääntä lähtee ja oikein pääministerille. Ensin vähän ihmettelin, että mikäs ulkoilmakonsertti se tämä on, mutta oivalsin sitten selityksen. Tällä laululla yritetään laulaa Sipilä suohon. Minusta se on kyllä melko turhaa- siellä tämä taitaa jo olla "tehdään - ei tehdä" -ideologiansa kanssa. Täytyy muistaa myös vanha sananlasku: "Suo siellä, vetelä täällä." Tuskin mikään muuttuisi, olisi valtion ruorissa kuka tahansa nykyisistä puolueista ja puolueiden miehistä/naisista. Siksi odotankin Suurta Pelastajaa Paavoa. Kyllä sitten Suomen asiat on Vallan Ihmeesti.

Tähän vielä päivän kevennykseksi, ettei mene ihan surulliseksi koko "Torstai on toivoa täynnä" –päivä. Pieni esimerkki kuinka kieli kehittyy. Yksi perillisistäni, Viranomainen, makaa sohvalla selän takana kun katsomme vanhaa Suomi-filmiä. Ilmeisesti, niin päättelin, neidolle tuli äkillinen ikävä minua ja hän päätti osoittaa yhteenkuluvuutta ja läheisyyttä paukauttamalla kämmenet kanssani perinteisesti yhteen ja toteamalla "Vitoset".

Hyvin meni siihen asti kun hän sanoo voimaa ja iloa uhkuen: "VITUT!"

Paukautan siis kämmenet yhteen teidän kaikkien kanssa ja sanon:"V...T!"

*T*yöttömänä 34 päivää.

Kyllä se vaan on muuttunut tämä työvoimatoimiston, tai siis te-palveluiden, toimintakin kovasti. Edellisen kerran kun olin työttömänä, niin sitä piti mennä käymään ihan paikan päällä tapaa- massa virkailijaa. Siinä sitten napitettiin toisiamme: virkaiija-rouva esitteli mitä tehtävään kuului, minä esitin innokasta ja nohevaa työntekijää. Nyt ei tarvinnut mennä mihinkään. Sen kun lojotin sohvalla ja kuuntelin sujuvasti puhelimessa ja vastailin kysymyksiin. Väliin kun jotain yritin kysyä, tuntui rouva vähän hermostuvan kun ei menty kaavan mukaan. Ymmärsin olla loppuajan hiljaa ja odottaa kysymystä: "Onko sinulla mitään kysyttävää?" Kun hetki koitti, pohdin sitten ääneen, että otetaanko kumminpäin yhteyttä - minä häneen vai hän minuun ja milloin soitellaan, joko helmikuussa vai viimeistään maaliskuussa. Silloin tiesin mokanneeni. "Kyllä se niin on, että te-keskus hoitaa tapaamiset ja sopii ne. Jos työttömälle tulee nyt jotain vallan mahdotonta asiaa, että ihan yhteyttä täytyy saada, niin sitten voi mukavasti laittaa s-postia tai soittaa palvelunumeroon. Kyllä sieltä jollekin virkailijalle yhdistetään."

Kävin siis katsomassa tänään Oma Asiointi -sivullani, mitä täti oli kirjoittanut: "TE-toimisto ottaa sinuun yhteyttä 10.06.2017." Vähän on unohdettu olo. Tosin tulihan sieltä tänään "Palvelutyytyväisyyskysely." En osannut täyttää.

Etten ihan kaikesta valita, niin tunnustan asioinnin olleen kuitenkin helppoa. Ja selkeää. Ei tarvinnut liikahtaa kotoaan mihinkään. Siksi varmaan kyselyyn vastaaminen olikin ylivoimaista. Siinä olisi joutunut käyttämään ajattelua. Saisivat siis viedä tämän selkeyden myös jäsenliitoille työttömyyskorvausten osastolle. Oli kyllä arvoituksellinen paperi minkä työttömyyskorvaushakemukseeni sain vastaukseksi. Ensin lupasivat yhdellä perusteella maksaa yhtä ja korottaa toista, mutta sitten huomioivat, että ottivat jollakin kolmannella perusteella luvatusta toisesta pois ja vähensivät neljänteen viitaten jotain jo luvattuun kohdistuen pois. Ajattelin, että ihan sama. Olivat kuitenkin petranneet toimintaansa ajankäytössä edelliseen kokemukseeni aiemmin vastaavassa paikassa prosentuaalisesti viitaten. Liikaa ei voi vaatia, ei työttömyyskassaltakaan.

Pidän tekniikasta ja sen mukana tuomista laitteista, kuten sähköisestä kalenterista, bluetooth yhteydellä toimivasta nokialaisesta (alansa viimeistä huippua vuonna 2004?) Pieniä masiinoita, joilla ei välttämättä tee mitään järkevää, mutta niitä on hauska testailla ja kokeilla. Paitsi laitteet, myös erilaiset ohjelmat ovat kokeilun arvoisia. Oletko koskaan katsonut mitä kaikkia ilmaisohjelmia löytyy? Vähän aikaa sitten kokeilin etäyhteyttä. Oli hauskaa, kun laitoin toiseen tietokoneeseen etäyhteyden ja ihastelin, kuinka jännittävä oli käyttää tietokonetta toisessa huoneessa ja vallata toisen tietokoneen näyttö ja ohjelmat. Omaishoitaja ei siitä pitänyt. Huumorintajuton?

Ps. Viikonloppu tulossa ja moni herkuttelee, mutta samalla myös kärsii huonosta omatunnosta kun kiloja saattaa tulla. Nyt pois suru ja huoli siitä. Tieteen Kuvalehdessä oli ilouutinen: rasva on hyväksi. Jos sinulla on rasvaa kehossa, niin sitten sinulla on myös kantasoluja rasvassasi. Rasvassa niitä on enemmän ja ne on helpompi ottaa sieltä kuin luuytimestä. Ja kantasoluilla voi korjata niin sydäntä, nivelrikkoa kuin syöpää. Viime vuonna on tehty vallan mullistava keino saada jopa tavalliset rasvasolut kantasoluiksi. Joten varastot ovat siis mukavasti saatavilla kunhan muistat antaa kropallesi tarpeeksi evästä. Eläköön, läski on ikuista!

*T*yöttömänä 37 päivää.

Viikonloppu takana. Kyllä lepo työttömyysmarkkinoilta tekee hyvää työttömälle. Tosin nyt pitää antaa vähän noottia vuokrafirmalle, joka lauantaina kehtaa laittaa viestiä: "Etpä tullut valituksi" (taaskaan).

Vähän voisivat kunnioittaa yksityiseen sähköpostiini tiedon lähettämistä. Pitänee siis luoda työsähköposti. Tosin en kyllä jaksa taas uudestaan täytellä niitä erilaisia järjestelmiä kun sähköpostitilillähän nekin toimivat. Sillä yksityisellä.

Oli kyllä juhlaa muutenkin sunnuntaina. Ihan liputuspäivä kun kansallisrunoilija Runeberg vietti synttäreitään. Vaikka tuskin kukaan runoilijaa muistaa, ainoastaan Fredrika-rouvan tortun.

Runous on kyllä hieno juttu. Itselleni kolahtaa kansallissa-noittaja Vexi Salmen riimitykset: "Ole onnesta vaiti, älä muille puhu, vaan taivasta hiljaa kiitä. Se on lainaa vain, se ei jää eikä pysy, se on huomisen kyyneleitä." Kyllä laittaa niin mie-len korkealle tämä runonpätkä. Kateellista ja vahingoniloista porukkaa ympärillä, ei kannata niille mitään kehuskella kun perseelleen menee kaikki kuitenkin. Runebergin juttuihin ver-rattuna vähän on selkeämpää ja todempaa Vexin runous.

Jottei minun luulla vallan pessimistiksi tulleen, niin valoi-sampaa asiaa. Eilen yksi perijättäristäni vannoi valan. Ei mi-tään liirum-laarumia, vaan ihan lupasi tuhatpäisen yleisön edessä isänmaata puolustaa. Lupasi siinä kaikkien kuulleen, ettei koskaan edes sukulaisuuden tai ystävyyden vuoksi unoh-da palveluvelvollisuuttaan. Samankaltaisen valan vannovat myös ministerit. Ilmeisesti sairasta porukkaa sinne on valittu kun muisti alkaa melkein heti valan jälkeen pätkimään.

Vaikka pieni kyläpahasen kulma onkin missä elellään, niin kyllä täälläkin näkyy joskus ihmisiä. Tänään kohtasin naa-purin emännän ja tämä kertoi 3-vuotiaan poikansa ja lapsen isän välillä käydyn aamusella seuraavan keskustelun:

- Isällä on ollut kuumetta ja nuhaa. Pitää lähteä käymään terveyskeskuksessa.

Poika huolissaan:

- Mistä me uusi isä saadaan?

Kaikille työssäkäyville siis oikein mukavaa päivää. Täällä sitä vain "siivellä elellään."

Työttömänä 38 päivää.

Miettikääpä millainen ilma on. Pakkanen (ehkä himpun liikaa), aurinko paistaa. Kun nostaa katseensa tarpeeksi ylös näkee sinisen taivaan ja muutaman valkean pilvenhattaran. Aurinko tuntuu jo hivenen lämmittävän kun se kipuaa kor-keammalle. Koivuissa on kristallia. Ei paha. Koko ajan men-nään kohti kesää. Työttömyys alkaa vaikuttamaan ihanalta olomuodolta.

Kevättä kohti ollaan menossa, mutta vielä ei kissat mourua. Leikatut kissat lienevät vähän lievempiä lemmentuskassaan, mutta kaikkiin se ainakin vähän vaikuttaa. Lapsuudessa kyllä ilmalla eikä vuodenajalla ollut väliä kun rakkaus leimahti. Silloin kun lemmenkipinä iski sydämeen, oli pakkasta 20 asteen paremman puolella. Ikää oli 10-vuotta ja elämä oli joko tai. Rakkaudestani täysin tietämätön Kari oli kunnan luisteluradalla pelaamassa jääkiekkoa. Siinä tyttökaverin kanssa veivattiin luistinrataa edestakaisin, mutta Kari näki vain lätkän. Ilo loppui siinä vaiheessa kun oli lähdettävä könkkäämään kotiin luistimet jalassa, sormet eivät enää totelleet ja luistinten nyöriä ei saanut auki. Kotona äiti sai luistimet pois jalasta. Tunto oli varpaista jo siinä vaiheessa hävinnyt. Ei koskenut varpaita. Kunnes veri alkoi kiertämään. Rakkaus on niin rajua.

Viime aikoina on tullut negatiivista palautetta Omaishoitajalta. On kuulemma livenä kerrotut jutut tylsiä. Ja muisti alkaa kuulemma krakaamaan kun samat asiat saa kuulla ainakin neljästi. - Mitäs on paikalla joka kerta kun kerron asian jollekin toiselle perijättärelle. Ja niinhän se on, että kun ympyrät pienevät, niin pienten asioiden merkitys suurenee.

Suomessa tapahtuu: strategiakokous on kutsuttu koolle. Eilen iltasella Iltalehti uutisoi asiaa: "Mustat autot poistuivat syrjäiseltä kartanolta." Hetken aikaa luulin toiveikkaana, että hallitus on saanut loppunsa, mutta eihän ne ruumisautoja olleetkaan. Harmi.

Valantehnyt – lapsi joka on meidän perheessä saanut kolhut. Ensimmäisenä keväänä muuton jälkeen Valantehneen vasen nimetön (juuri se vihkisormussormi!) murjoutui oven ja kynnyksen väliin. Olimme lähdössä lasten kerhon ensimmäiseen kevätjuhlaan. Koko katras oli tuppautunut kapeaan eteiseen hakemaan kenkiä jalkaansa. Saadakseni lisää tilaa laitoin raskaan välioven kiinni. Valantehneen sormi oli kynnyksellä. Vahingon tapahduttua matkasimme poliklinikalle juhlien sijaan. Kun tikit ja röntgen- kuvaukset oli tehty, ehdimme vielä karkeloihinkin - Valantehneen käsi paketissa.

Samana kesänä Valantehnyt leikki hippaa siskojensa kanssa. Kiivettyään tallin ylisille vievälle kapealle metalliluiskalle, hän astui askeleen liikaa taaksepäin ja putosi pää edellä kiviseinämää pitkin alas. Jälleen pääsimme vierailemaan terveyskeskuksessa. Tytöllä ei ollut mitään hätää, saihan kerrankin maata yksin auton takapenkillä seuranaan nurkkaan ahdettu Omaishoitaja tilannetta tarkkailemassa sekä etupenkille pungetut Viranomainen ja Sairaanhoitaja.

Seuraavana talvena Sairaanhoitaja leikki keihäänheittäjää. Heittovälineenä ollut jääpuikko laskeutui Valantehneen poskeen. Taas matkasimme, ehkä jo liiankin tutuksi tulleeseen, terveyskeskukseen. Liimaus ja muistoksi jääneet arvet.

Samana talvena oli makuuhuoneen pystyuuni lämmitetty todella hyvin. Jälkikasvua oli varoiteltu koskemasta uuneihin, sillä ne olivat todella kuumia. Kerran asia taisi Valantehneeltä unohtua. Sinä iltana hän meni nukkumaan yllättäen kahdeksan aikoihin illalla mitään sanomatta. Aamulla sitten selvisi miksi. Takamus oli palanut. Asiaa ei voinut illalla kertoa, sillä pelkäsi, että tulee moitteet siitä, ettei ollut totellut kieltoa uuneihin koskemisesta. Lääkäri puhui jo kolmannen asteen palovammasta, mutta onneksi ei niin syviä kudosvaurioita tullut. Kävimme päivittäin terveydenhoitajal- la siteiden vaihdossa ja peppu oli kuin uusi. Aikuisikään tullessa sisaret saivat palaneesta pyllystä uuden vitsailun aiheen. Entäpä jos Valantehnyt olisikin peruuttanut takamuksensa saunan vesipadan luukkuun. Padan nimi oli Porin Matti. Niinpä Valantehnyt olisi saanut hauskan kohotatuoinnin. Varsinkin jos ensimmäinen kirjain ei olisi osunutkaan kankkuun ja genetiivimuodon n-kirjain olisi hävinnyt peppuraon kohdalle.

Sinä vuonna kun meille ei siunaantunut lapsia, kuoli isäni. Lapsuudessani isä oli lähes aina töissä. Tai matkoilla. Tai nukkumassa. Lapsena pidin itsestään selvänä, että kaikki isät ovat aina töissä ja jos eivät ole, niin nukkuvat. Isän matkoilta lähettämät kortit olivat myös ikimuistoisia. Oli hän sitten missäpäin Eurooppaa tahansa, tekstinä oli yleensä: "Täällä on sumua. Isä tulee pian kotiin."

Työskennellessäni aikuisena isäni kanssa hänen maansiirto- ja kuljetusliikeyrityksessä, sain todeta hänen olevan pidetty ja arvostettu työnantaja. Eräs työntekijöistä oli "viinaan menevä" -kaveri ja pitkän viikonlopun jälkeen kuljettaja unohti juoneensa, otti kaivinkoneen ja ajeli sillä. Humalaisen tuurilla muuta vahin- koa ei sattunut kuin ratista palaminen ja seurauksena ehdoton rangaistusmääräus vankilaan. Isäni murehti, että nyt jäävät talonpohjat kaivamatta ja talot rakentamatta, kun Mikko istuu linnassa. Niinpä hän ehdotti vankilan johdolle, että kaveri kärsiköön rangaistuksensa vankilassa, mutta päivisin saa kyllä tulla tekemään työnsä. Niinpä Mikko yöpyi sellissä, mutta aamusella työkaverit hakivat hänet töihin ja illalla palauttivat takaisin muurien taa. Oikeuden määräämä rangaistus toteutui, talon pohja saatiin kaivettua ja talot valmistuivat aikataulun mukaisesti. Kärsittyään rangaistuksen vankilasta palasi muuttunut, puhdas ja ainakin hetkeksi raitistunut mies. Isäni olisi voinut jättää Mikon oman onnensa nojaan, antaa potkut ja palkata tilalle uuden. Isäni mielestä kaveria ei saanut jättää ja piti antaa myös toinen mahdollisuus. Tosin Mikko taisi saada niitä useampiakin.

Jouluna 1995 isäni valitti mahakipuja: "Ja sitä kun ei ruoka maista." Me ihmettelimme, että miten niin ei maista kun katselimme joulupöydässä laatikoiden hävikkiä ja kinkun pienentymistä. Joulu meni ja maaliskuussa isäni ja äitini lähtivät Espanjaan. Edessä oli useamman viikon matka etelän lämmössä. Isän mahakivut kuitenkin pahenivat ja niinpä hän joutui ambulanssilla sairaalaan kesken matkan. Lääkäri katsoi röntgenkuvat ja totesi äidilleni, että enää ei ole mitään kiirettä. Isällä oli pitkälle levinnyt mahasyöpä. Äiti ehdotti, että he lähtisivät samantien Suomeen hoidettavaksi. Isä vastusti. Kun nyt on matka ostettu ja täällä ollaan, niin varmasti ollaan loman loppuun asti. Vaikka henki menisi.

Kotimaahan tultuaan isä vietiin suoraan lentokoneesta Tampereelle Pikonlinnaan hoidettavaksi. Mahasyöpä oli saanut yliotteen. Leikata ei voitu eikä isän kunto kestänyt sädehoitoa. Isä siirrettiin Mäntän terveyskeskuksen vuodeosastolle.

Pääsiäisen alla isä ilmoitti, että hän kyllä lähtee pääsiäiseksi kotiin. Hyvä että mies edes pystyssä pysyi. Sisareni ja lankomiehen käydessä sairaalassa isää katsomassa mies oli tullut siihen tulokseen, ettei hän ehkä sittenkään ole ihan siinä kunnossa, että tulee kotona toimeen. Lisäksi hän harmitteli sitä, ettei päässyt vävyn uutta pakettiautoa katsomaan ja koeajamaan. Pääsiäissunnuntaina kävin Eläkeläisen, Omaishoitajan ja Viranomaisen kanssa katsomassa isää. Viranomainen oli puolivuotias ja huusi kun pelkäsi riutunutta pappaansa. Omaishoitaja taas juoksi ympäri aulaa, joten siinä sitä olikin rauhaisaa jälleennäkemistä.

Työttömänä 39 päivää.

Näin se jatkuu edelleen. Joka päivä vanhenen yhdellä päivällä, joten joka päivä mahdollisuus (ansio)työhön pääsystä heikkenee. Voin jo kuvitella tätä blogia 4 vuotta 5 päivää eteenpäin:

***

Työttömänä 1504 päivää

Päivä mennyt mukavasti. On tullut ulkoiltua ja saunottua. Ikävä kyllä Omaishoitaja on hävinnyt ja nyt on pärjättävä ilman apua. Perijättäret ovat lentäneet ympäri maailmaa, käyvät kuitenkin joskus katsomassa kuntoani. Ainakin soittavat puolivuosittain. Jostain syystä pettymys on syvä kun keuhkoni ja sydämeni ovat vielä niin hyväkuntoisia. Väittävät kyllä, että pääni on lahonnut. Mitä ihmettä sillä tarkoittavat? Näköni on huonontunut jonkin verran. Yhtenä päivänä huomasin keskustelevani postilaatikon kanssa. Ihmettelinkin kuinka jöröjä postinkantajista on tullut ja ehdin jo haukkua koko firman. Kuuloni on vielä melko hyvä. Eläkeläisen ärräpäät pärähtävät edelleen tutusti ja kotoisasti. Hajuaistini on kehittynyt entises-

tään. Nykyään haistan koiraa paremmin mitä reittiä jänis on yön aikana mennyt. Jos niitä alkuperäisiä lukijoita on vielä paikalla, niin voisiko joku laittaa selkeää vinkkiä, miksi tässä blogissa on aina tuo otsikko Työttömänä ja päivien lukumäärä. Mistä se oikein juontaa juurensa?

***

Elämään tarvitaan kuitenkin potkua ja hauskoja tapahtumia. Kuten vuosia sitten kun olimme Eläkeläisen, Omaishoitajan, Sairaanhoitajan, Viranomaisen ja Valantehneen kanssa carting-radalla. Hauskaa oli kun kerrankin sai ajaa niin kovaa kuin uskalsi. Ja aika paljonhan sitä tuli hanaa käännettyä. Niin myös teki Sairaanhoitaja. Istui tomerasti autoon. Kuunteli tai ainakin näytti siltä, että kuuntelee mitä paikan ohjaaja neuvoi: Valon syttyessä punaiseksi tulet takaisin varikolle. Näytti mistä varikolla ajetaan. Näytti mihin pysähdytään. Sairaanhoitaja nyökkäsi vakaasti ja vakavana: Ymmärretty. Kisa alkoi. Siinä mentiin hiukset kypärän alta liehuen, jarruvalot paloivat mutkaan tultaessa, vauhti oli hurja ja kilpailu rajua. Sitten syttyvät punaiset valot. Sairaanhoitaja kaartaa varikolle. Varikkomies on vastassa ja valmiina auttamaan kuljettajan ulos autosta. Vaan mitä tekee nuori ajaja. Ei pysähdy.

Ei jarruta. Jatkaa ajamista varikkovastaavan ohi. Mennä huristelee eteenpäin varikkoalueella. Nyt me kaikki olemme ihmeissämme. Mitä tekee Sairaanhoitaja? Mihin menee Sairaanhoitaja? Vauhtia on vielä ihan mukavasti. Sinne posottaa vauhdilla suoraan autotalliin. Niin hupsahtaa suoraan vajan ovesta sisään ja katsos vain, jarrut löytyvät. Onneksi. Juuri ennen seinää. Varikkomies juoksee tuskan hikeä pyyhkien perässä. Ihan tämän ilmeen takia voisi katsoa tilanteen uudelleen.

Työttömänä 40 päivää.

Nyt pitää antaa kyllä palautetta yhdelle työnvuokraus-firmalle. Oli kerrankin oikein hienosti toteutettu hakujärjestel-mä, jossa täytettävä oma historiaosuus oli selkeä ja helppo, sujuva täyttää. Mutta sitten hakeminen olikin tehty vallan omituiseksi. Sama hakemus, jolla hakee kokin paikkaa, lähtee myös jäteautonkuljettajan paikkaa haettaessa. Saattaa olla jä-tefirman isäntä ihmeissään kun luvataan tehdä työt kauniisti kattaen ja vain luomutuotteista somasti koristellen.

Venäjällä luodaan vahvoja perheitä poistamalla perheväki-vallalta rikollisuus-status. Olisipa mielenkiintoista katsoa ko-timaista Poliisit-sarjaa jos Suomessa tehtäisiin sama ratkai-su. Siinä Lasse ja Fredrik menevät asuntoon kun naapuri on soittanut, että seinän takaa kuuluu jumalaton meteli ja kirku-na hänen huusholliin asti. Lasse soittaa ovikelloa ja aikansa odotettuaan talon isäntä tulee avaamaan oven. Seisoo siinä ovella poski punaisena, nyrkit turvoksissa ja kireäksi kiskottu kravatti vasemmalle puolella kaulaa hirttyneenä. "Jaahas, mi-täs täällä tapahtuu?" Fredrik kysyy. "Ei mitään hätää, vaimon kanssa vaan tehdään tässä vahvaa perhettä." Sitten paikalle saapuu vaimo, jonka silmä on turvoksissa, käsi puna-kelta-vi-her-violetti, toista jalkaansa perässään raahaten ja toteaa: "Ei mi-tään hätää. Kuten näette, ei vielä ole puukkoa käytetty, verta ei ole vuodatettu eikä luita katkaistu. Ihan luvallisesti täällä perheenä vahvistutaan." Onneksi tässä perheessä ei ole lap-sia. Saattaisi siinä suomalaisen poliisin vahvakin harkintakyky pettää jos vielä lasta olisivat vahvistaneet. Onneksi Suomessa "duumalla" on sentään tässä asiassa älyä. Ja onneksi meillä on suomalainen poliisi.

Asioita päättäessä voi ratkaisun tehdä eri tapoja käyttäen. Joku ottaa asioista selvän, puntaroi hyvät ja huonot puo-let. Joku luottaa sydämen ääneen. Aikoinaan kaverini antoi minulle vinkin, miten kannattaa valita koiran sukupuoli. Olin varannut koiranpennun, irlanninsusikoiran. Koiraa sai odot-taa 9 kk ennen kuin tieto syntyneestä koirapentueesta tuli. Varauksenani oli narttukoira ja pettymys oli suuri kun kor-

*tissa luki: "Syntynyt irlanninsusikoiran pentuja. Vain urok-
sia!" Yhdeksän kuukautta minulla oli ollut tuskaista odottaa
koiranpentua, vieläkö pitäisi siis jatkaa odottamista. Kaveri
ratkaisi asian puolestani ja sanoi: "Hei, ota uros. Saat samalla
hintaa enemmän lihaa." Eikä ollut edes kokki.*

Tiistaina pääsiäisen jälkeen äiti soitti, että terveyskeskuk-
sesta olivat ilmoittaneet isän kunnon huonontuneen yön
aikana. Lähdimme sisareni ja lankomieheni kanssa isää kat-
somaan.

9. huhtikuuta isä nukkui ikiuneen. Me sisareni kanssa vain
höpötimme vieressä, että älä anna periksi, taistele. Mutta
isän jo aiemmin rajan taakse siirtyneen veljen Eeliksen nimi-
päivänä isä lähti välittämättä vähääkään meidän höpinöistä:
"Taistele! Älä anna periksi! Me tarvitaan sua!" Kello oli ilta-
päivällä vähän vaille neljä kun isän matka uuteen seikkailuun
alkoi. Hän ei tarvinnut enää meitä.

Eräälle sairaanhoitajalle isän lähtö oli ilo. Olihan hän jo jon-
kin aikaa odotellut vuodepaikan vapautumista seuraavalle
asiakkaalle. Meille omaisille jäi tuosta ikävä tunne. Kuolema
kyllä tulee, ei sitä tarvitse kiiruhtaa.

Muutama viikko isän kuolemasta pankki karhusi isältä saa-
taviaan. Aikoinaan ennen kuin edes tiesimme isän sairau-
desta, totesimme rahahuolten vaivaamalle isälle, että mitä
sitten jos kaiken muun vievät, henkeäsi ne eivät saa. Ilmoitin
siis pankinjohtajalle, että isä on menehtynyt mahasyöpään
9.4, johon pankinjohtaja totesi, että eihän tässä näin pitänyt
käydä. Minkälaisen käsikirjoituksen pankinjohtaja olikaan kir-
joittanut jäi ikuiseksi arvoitukseksi. Pahus, kuka ohjasi tämän
paskan näytelmän?

Voiko hautajaisista ja vainajan hautaan panemisesta sanoa, että ovat hyvät juhlat. Isän hautajaiset olivat. Kappelissa olivat isälle läheiset ihmiset mukaan lukien joukko entisiä työntekijöitä. Niitä, joiden mielestä hän oli ollut reilu pomo ja hyvä jätkä.

Siunaustilaisuudessa oli sekä itkua että naurua. Niinhän hyvissä hautajaisissa tulee ollakin.

Isä tuhkattiin, joten viimeisimmän matkansa isä sitten pääsi toivomuksensa mukaan kokemaan lankomiehen autossa. Siellä hän oli tuhkauurnassa sisareni ja minun välissä pakettiauton tavaratilassa. Haudanviereen oli jätetty lapio nojalleen, joten heitimme sisaren kanssa uurnan päälle hiekat ja toivoimme, että isä antaa arvoa lapion käsittelytaidollemme. Uurnanlaskun jälkeen astelimme sisareni kanssa monopoliliikkeeseen, ostimme pullon Veteranoa ja muistelimme isää koko yön. Toivottavasti pilven reunalla istui onnellinen ukko, joka oli tyytyväinen tyttäriinsä.

Joskus mietin sitä, mitä muistoja kuolleesta jää eläville. Ei pelkästään muistoja ihmisen persoonasta vaan myös joitakin tapahtumia. Tuskin isäni on imarreltu siitä, että muistan edelleen mustikkapiirakan syönnin. Olin leiponut mustikkapiirakkaa (sen jälkeen en sitten sitä olekaan leiponut) ja isä tuli kylään. Keittiön pöydän alla oli valkoinen karvalankamatto (okei, äly hoi emäntä!) Isä söi mustikkapiirakkaa ja pieni nokare tipahti lattialle. Huopatossumaisilla aamutohveleillaan isä pyöritti mustikkamurua jaloissa, nousi, katsoi pöydän alle ja sanoi: "Kappas, joku on pudottanut mustikkaa." "Se olit sinä", tokaisin. "En ollut", vastasi isä kylmän rauhallisesti ja pyyhkäisi loput mustikanjämät tossuistaan lattiaan. Vanhempia tulee kunnioittaa?

Isäni ei halunnut tarkoituksella loukata toista ihmistä, mutta tilannetaju eikä "smalltalk" ollut hänen paras ominaisuutensa. Olin isän kanssa tavallisena arkipäivänä lounaalla suunnittelemassa tulevaa messutapahtumaa. Istumme ravintolassa, pöydän äärellä on tyylikkäitä daameja, liikemiehiä, isäni ja minä. Isäni kertoo tarinaa tavalleen ominaisesti sitä voimasanoilla runsaasti korostaen:"...saatana, minä meinasin silloin polttaa päreeni kun voihan vittu..." Tässä vaiheessa isän juttu pysähtyy hetkeksi, hän katsahtaa minuun ja sanoo: "Anteeksi", ja jatkaa tarinan kerrontaa eteenpäin. Pöytäseurue on hetken hämmästynyt, varsinkin siinä olevat naiset näyttävät häkeltyneitä. Isälläni ei ollut seurapiirileijonan elkeitä, eikä aina käytöstapojakaan. Mutta tyttäreltä sentään ymmärsi pyytää anteeksi.

Serkkuni muisteli isääni ja totesi, ettei koskaan aiemmin ollut tavannut yhtä nopeaa kahvinjuojaa kuin isäni. Ja että kahvilla käynti tämän kanssa vaati taitoa. Isäni kaatoi kuppiin kahvia, lisäsi sokeria ja maitoa, kantoi kahvin pöytään, hörppäsi sen ja sanoi, että nyt lähdetään. Serkkupoika ei ollut vielä päässyt lähellekään pöytää.

Jos isälläni ei ollut aina käytös kymppi, ei sitä myöskään ollut kielitaito. Espanjassa hän tahtoi aamiaiseksi kolmen minuutin munan. Niinpä hän vinkkasi tarjoilijan luokseen, nosti kätensä ja yhden sormen, sanoen: "Yksi muna". Sitten hän nosti kolme sormeaan ja jatkoi: "Kolme minuuttia." Ja koko juttu uudestaan: "Yksi muna" ja yksi sormi ylös, lisää kaksi sormea ja jatkaa: "Kolme minuuttia."

Kuluu tovi ja isäni saa kolme munaa á yksi minuutti.

Työttömänä 41 päivää.

Työttömän aamut ovat venyviä. Ei ole kiirus mihinkään, joten kahvittelua ei tarvitse suorittaa, siitä voi nauttia. Muuten työttömän huvit ovat melko halvat. Siitä esimerkkinä tämän aamuinen: Vanhin hurtta on löytänyt puruluun jostain ja makaa isännän jalkojen vieressä luu suussaan. Ei syö itse, mutta ei kyllä anna muillekaan. Nuori jeppe yrittää saada luuta itselleen. Lähenee hiljaa ryömien vanhempaa kaveria. Vanha jeppe alkaa haukkumaan. Ihan selvästi viestittää, että: "Pysyhän jätkä kauempana, minä löysin tän ekana." Nuorempi siinä yrittää selittää: "Mikset anna mulle kun et syö sitä itse." "Älä unta näe", tokaisee vanhempi. Tätä keskustelua jatkuu (koirien kielellä) niin kauan, että isäntä hermostuu ja sanoo vanhukselle: "Mene muualle siitä rähisemästä." Haukku katkeaa hetkeksi, mutta kun nuori jäbä taas lähestyy, haukkuminen alkaa. Nyt nousee isäntä. Ja niin tekee vanha koirakin. Kävelee pöydän toiselle puolelle ja kun isäntä on istuutunut, niin palaa jalkojen viereen murisemaan. Isäntä nousee taas ja koira kiertää pöydän ympäri. Isäntä perässä. Kolme kierrosta menee kevyesti. Sitten isännältä taitaa loppua kunto. Heti aamusta hippasta. Kyllä naurattaa. Halvat huvit.

Ja sitten se, mikä laittaa ihon kutisemaan on tämä Suomen oikeuslaitos. Ihan jotain muuta jakaa kuin oikeutta. Varsinkin se välissä oleva aste, hovioikeus. Niinkuin nyt tänään uutisoitu 80-vuotiaan vanhuksen sitominen, kuristaminen, savipatsaalla päähän lyönti ja ryöstön jälkeen sidottuna yksin jättäminen. Eihän siitä voi niin suurta rangaistusta syyntakeiselle antaa, toteaa hovi. Vaikka syytetty onkin samanlaisiin tekoihin useammankin kerran sortunut. Päähän pitäisi taputtaa (hellästi) ja ymmärtää. Ehkä sitten seuraavalla kerralla kun vanhuksesta henki lähtee niin sitten voisi harkita vähän pidempää ja tuntuvampaa tuomiota, joka pitäisi kokonaan kärsiä. Tai mitä turhaan. Onhan yksi vanhus vähemmän tässä maassa eläkettä nostamas- sa. Onhan niitä muutenkin ihan tarpeeksi.

Ja huomenna on sitten SE päivä, 42. päivä työttömänä. Mutta se on onneksi vasta huomenna. Ja nyt on perjantai, joten lauantai ja sunnuntai rauha myös työttömälle.

Osa-aikatyöttömänä 44 päivää.

42. päivä on ohitettu, eikä olla ihan suossa. Pää on hitusen pinnalla, kiitos osa-aikaisen, osapäiväisen työn, jonka olen saanut. Ei paljon, mutta kahtena päivänä viikossa muutama tunti. Sitä on nyt niin rinta rottingilla että. Töissä.

Perjantaina oli radio Suomipop kuuntelussa ja ihan siinä suu lopsahti auki kun kuuntelin miten ihmisten täytyy nykyään syödä. Haastateltavana oli naisihminen, joka oli kehittänyt *"äpin" ja kirjoittanut sitten vielä kirjan miten täytyy syödä. Idea oli, että syödään 80% terveellisesti ja loput 20% voi sitten mättää suuhun mitä ilkiää. Sitten äppi ulvahtaa jos et ole syönyt sopivasti tarpeeksi usein. Jummi-jammi, totesin.*

Minä olen syönyt silloin kun on nälkä, ruokaa on tarjolla tai yksinkertaisesti kun tekee mieli syödä jotain. On ollut ns. maalaisjärki tässä syömätouhussa mukana. Ei ole tarvinnut puhelimen älähtää. Kyllä maha on huutanut ruokaa, jos on mennyt syömättä liian pitkään. Tai kun tullut niin paha olo, että oksettaa. Silloin ymmärtää tyhmempikin, että maha on saatava täytettyä. Ja herkkua on pistetty poskeen, mutta siinäkin tuppaa olemaan kohtuus. Välillä pitää syödä pari suolakurkkuvoileipää. Ja täyttyykö 20% roskaruuasta tai herkuista, niin siinäkin on kaksi vaihtoehtoa. Joskus täyttyy, joskus ei. Ei ole tarvittu viereen tarkkailijaa ja hyvin on tähän ikään elossa pysytty. Ja olisi se kamalaa, jos ei ilman puhelinta saisi syödä. Jos menee sähköt eikä akku lataudu, niin nälkäänhän sitä ihminen kuolisi.

Ruuasta puheenollen. Viikonloppu meni normaalisti nahistellen. Kotona olivat Sairaanhoitaja, Valantehnyt ja Omaishoitaja. Lauantaina sitten ehdotin välipalaksi muutaman pikkupizzan tekemistä. Sain kannatusta. Tein sitten pari pikkuista (kooltaan noin 2/3 uunipeltiä) pizzaa per syöjä, ja niitä sitten aamupäivällä paistettiin. Valantehneen lettunen oli vielä uuninpäällä jäähtymässä kun Omaishoitaja päättää siirtää sen toiselle pöydälle jäljellä olevien paistettavien tieltä. Omaishoitajalla oli suuri katko aivotoiminnassa sillä hetkellä kun ottaa leivinpaperin reunoista kiinni ja aikoo siirtää pizzaa. Ei kestä kauaa kun lettu on lattialla. Juuri niin päin vielä, että täytteet imevät kissan-ja koirankarvat itseensä.

Hetken siinä jo luuli, että Yhdysvallat on julistanut sodan Kiinalle. Valantehnyt, jonka pizza syleili lattiaa, oli kiukkuinen kuin makkara kiukaalla. Keräsi jämät lautaselle, että hän kyllä syö sen. Ei meinannut millään uskoa, että nyt ollaan kotona, sisällä. Saadaan käyttää jopa haarukkaa ja veistä. Ja ruokaa kyllä riittää vaikka vahinko on tapahtunut. Niin oli kiivastunut ja julmistunut Omaishoitajalle.

Saatiin solmittua rauhakin vielä saman päivän aikana. Ilta-

sella lämmitettiin pizzoja eikä Valantehnyt meinannut jaksaa syödä viimeistä palaa, joka oli jäljellä.

Ja se pudonnut pizza. Onneksi vanhalla koiralla on vielä hyvä hajuaisti. Kävi syömässä sen oma-aloitteisesti tiskipöydältä. Lautasen oli jättänyt nätisti paikalleen.

Ja tiedoksi sitten, että jos sinun tulee soittaa työttömyysturvaneuvontaan, on hyvä olla kiireetön työtön. Palvelu on kyllä miellyttävää, mutta useamman kerran saa kuunnella Lassen suomentaman kappaleen Tien kuningas. Englanniksi lauletaan, ihan turhaan. Olisi sen suomeksikin voinut sanoa, sillä työttömälle kappale osuu kuin tikku silmään: "Matkaan taas kuljen nyt, suunnasta en piittaa nyt, ei vuokraa vuoteestain jos vain röökin edes saisin nyt, mä taidan torkahtaa tuonne tien reunan taa ja kun puulle maistuu niin taas tieheni käyn." Ei ole te-keskus huumorintajuton.

O*sa-aika työttömänä 45 päivää.*

HYVÄÄ YSTÄVÄNPÄIVÄÄ ??

Ihmisellä on hyvä olla ystäviä. Joillekin riittää, että on edes sinne päin olevia kavereita. Joku, johon voi luottaa kun on kova paikka elämässä. Ja jolle voi kertoa suuret salaisuudet ja tietää, että juttu ei mene eteenpäin.

Lapsuudessani paras ystäväni oli skotlanninpaimenkoira. Sellainen oikean näköinen koira, jonka naamaa ei vielä oltu jalostettu pitkäksi eikä aivoja venytetty soikeiksi. Sellainen, jonka korva ei koskaan ollut virallisessa asennossa. Minusta täydellinen, tuomarista ei. Kun synnyin, isä toi äidille lahjan: kyllähän sitä nyt yksi koira lastenhoidon sivussa menee. Onhan siitä seuraakin. Ja koira otti vastuun: ilmoitti kun tuoksahdin pahalta tai kun kitisin nälkää. Ei tarvinnut äidin ajatella - koira hoiti.

Ja tästä hoitajastani (siis koirasta) tulikin paras kaverini, ystäväni. Ei juorunnut koira kenelläkään kun kerroin koulusta tai kuka oli mitäkin ilkeyttä tehnyt. Istui sängyn vierellä pää samalla tyynyllä kuin minulla ja antoi ihan rauhassa itkeä - joskus vähän nuolaisi suurimpia räkiä pois. Ei koskaan mollannut eikä arvostellut. Maailman paras ystävä. Kymmenen vuotta saimme leikkiä yhdessä ja jakaa salaisuutemme kun ystävä sairastui ja kuoli. Eihän sitä ensin edes tajunnut. Odotti vain ihmettä, että koira kävelee joku päivä vastaan. Suuri ikävä maailman parasta ja tärkeintä ystävää. Lapsuudenystäväni. Ei ehditty kasvaa erilleen. Vieläkin itkettää kun on niin ikävä. Tai sitten se on tämä himputin räkätauti.

On muuten tosi ikävää, kun nenä on tukossa ja juuri kun on saamassa unenpäästä kiinni, niin tuntee, että nyt täytyy niistää. Ja sitten sitä turauttaa, saa vähän rööriä auki ja asettuu taas levolle. Ja juuri kun on nukahtamassa, sama ruljanssi. Nouse, istu, nenäliinä, turauta, nenäliina pois, laskeudu levolle, nukahda - ei kun: nouse, istu, nenäliina...

Ja tätä menee useampi tovi kunnes pääsen siihen vaiheeseen, että olen saanut unenpäästä kiinni ja nukun. Niin eikös Eläkeläinen herätä. Siis ihan oikeasti herätä sanomalla: "Herää!" Pompahdan ihmeissäsi istumaan, että mitä nyt?

Eläkeläinen: "Pidät ihmeellistä örinää. Käännä edes kylkeä." Kääntää itse kylkeä ja nukahtaa. Jään valvomaan rään kanssa: "Nouse, istu, nenäliina,..."

Onneksi tänään olen työtön.

Osa-aikatyöttömänä 48 päivää.

Nyt kyllä Iltasanomat paukautti otsikon, joka osui etuaivolohkoon pahemman kerran. Niin minä mieleni pahoitin. "Kansanedustaja: Työttömät eivät ota töitä vastaan - kannusteet ovat vinossa`"

Jumnatsuikka, koskahan se herra Antti on viimeksi ollut työttömänä kun tietää kannustinloukuista. Minäkin olisin niistä tietoa vaille. Ei ainakaan tänne kehä kolmosen pohjoispuolelle ole sellaista loukkua vielä löytynyt, jolla työttömyys veisi työnteosta pidemmän korren. Kaikenlaisia metsämiesten loukkuja kyllä on asennettu. Mutta missä on se loukku, jossa on niin paljon etuisuuksia kotona viihtymiseen, ettei töihin enää haluakaan. Tai sitten siellä etelässä on erilaisia tukia kuin täällä, missä ei edes joukkoliikennettä tueta. Ei se ainakaan kulje.

Toisaalta, yritän ymmärtää myös herra Anttia. Niinhän tämä on kuin lastenkasvattaja, jolla ei ole yhtään lasta. Omasta mielestään maailman paras kasvattaja. Kirjasta lukenut.

Mikä hinku sinne etelään on kaikkien pakkautua. Täällä korpikuusen kyynelten rajamailla sitä olisi halpaa tonttia laittaa tehdasta tai pytinkiä. Eikä olisi pulaa työntekijöistä. Osa ihan ammattitaitoisia ja halukkaita vielä uuden oppimiseen.

Ja herra Iiro voisi valita sanansa huolellisemmin kun ei ole tällainen tavallinen työtön. Meinaan, kyllä siivoojat saisivat ansaitusti saada enemmän arvostusta. Ilmeisesti herra Iiro ei ole seurannut aikaansa, sillä nykyään on niitä aineita ja laitteita ja erilaisia pintoja sen verran paljon, että voisi yhdistelmäpesukone karata tumpelon kädestä. Herra Iiro kun toteaa siivoojan työstä, että se ei suurta ammattitaitoa vaadi. Voisi ennemmin ottaa esimerkiksi hallitukseen päässeen, jonka ei tarvitse osata mitään. Matkii vain niitä muita apinoita. Ja on helposti koulutettavissa. Sen takia ne päätökset yleensä ovatkin tekijöidensä näköisiä. Järjettömiä.

Tämän jälkeen sitten viikonlopun viettoon. Nauttimaan tämän viikon tuesta. Jääkaappiin on ostettu evästä, jotta Valantehnyt, Sairaanhoitaj, Viranomainen ja Omaishoitaja voivat saada murua rinnan alle. Tahtovat opiskelijoilla tuet olemaan kannustinloukkuja. Loukkuja siihen, että työssä on käytävä saadakseen ruokaa ja maksaakseen laskut. Mutta eikö niiden pitänyt olla toisinpäin, helpottamassa pikaista opintojen loppuun saattamista?

Näin käy kun päästää apinat hommiin.

Seuraavana kesänä Kangasaholle muuton jälkeen alkoivat projektit. Mikään ei ole niin masentavaa kuin jokin projekti. Ensinnäkin sana projekti saa asian tuntumaan ylipääsemättömän suurelta, tylsältä, turhalta tehtävältä. Meillä alkoi kuitenkin erinäisiä projekteja: kellarikerroksen sauna, josta Eläkeläinen repi puut poltettavaksi ja lakaisi lattian. Sisäsaunasta jäi jäljelle vain vesihana seinään. Sitten oli navetanmaalaus projekti, jonka Eläkeläinen toteutti tikkailla taiteillen. Jännitysmomentin toi niiden sijoittaminen traktorin kauhaan, joka sitten nostettiin ylös. Työturvallisuutta pahimmillaan. Samana vuonna aikomus oli tehdä ulkosaunan perusparannusprojekti, mutta hirret olivat niin lahoja, että suunnitelmat piti uusia. Suunniteltiin laajempi projekti ja rakennettiin uusi sauna. Maasta kaivettiin kivet ja tehtiin uusi valu ja sitten vasta alettiin rakentaa saunaa. Onneksi projektiin oli tullut lisää tekijöitä: Eläkeläisen kaksi veljeä ja lankoni. Ja sitä projektia kesti koko kesä. Sen verran huilattiin, että saatiin heinät tehdyksi hevoselle.

Sivuprojektina tein pihan kohotusta pengertämällä sitä kivillä. Ensin piha oli revitty auki, jotta vesiputket pystyttiin vetämään maan alle eikä maanpinnan yläpuolelle kuten edellinen talon omistaja oli tehnyt. Edeltäjän viritys oli seuraavanlainen: ylhäältä talolta lähti sekä kuuma- että kylmävesijohto alas saunalle isomman putken sisässä, joka taas oli maan alla alkumatkan, mutta saunaa lähestyttäessä nousi maanpinnalle. Toimiessaan olisi saattanut olla jopa aivan käyttökelpoinen. Varsinkin tropiikissa tai ilmastossa, jossa edes yölämpö ei laske alle kymmenen asteen. Suurin ongelma lienee ollutkin se, ettei idea toiminut. Kesällä ratkaisussa ei liene ollut muuta ongelmaa, paitsi hölmöltä näyttävä suojaputki keskellä pihamaata. Talvella taas esiintyi muitakin ongelmia: jäätyneet putket. Tähän ongelmaan talon aiempi asukas antoi neuvon: suojaputkeen kaadetaan kuumaa vettä niin kauan että vesijohdot sulavat. Onnistuttuani kerran tällä konstilla sulattamaan vesijohdot, oli kuumavesi vedenvaraajassa loppunut. Seuraavalla kerralla putket olivatkin jo niin jäässä, että kesäkuu koitti ennen kuin putket sulivat.

Vesi aiheutti meille ensimmäisenä talvena siis ylimääräistä riemua. Varsinkin se tilanne olisi pitänyt saada filmille, kun astuin ulos kädessäni kaksi täyttä ämpärillistä vettä, joita olin viemässä hevoselle. Selvisin rappuset, mutta sen jälkeen voiton vei saunalle viettävä maa. Ämpärit heiluivat ja lopulta istuin maassa ämpärit edelleen lujasti käsissä. Mutta vesi oli takapuolessani ja ämpärit tyhjät.

Tämä oli siis yksi syy aloittamaani pihanpengerrysprojektiin. Ensimmäisenä vuonna pengerryksen reunojen lähelle ei tosin saanut mennä, sillä sortumisvaara oli suuri. Nyt vuosien saatossa kivet (ainakin osa niistä) pysyy jo paikoillaan ja pengerryksen yläpuolellakin saa kävellä.

Kaikkien näiden projektien jälkeen alkoi tuntumaan siltä, että nyt olen saanut tarpeekseni projekteista. Niinpä seuraavana kesänä keskityimmekin vain yhteen projektiin: koiratarhan tekemiseen.

Muutettuamme naapurit tulivat käymään kylässä ja kehuivat kaivoamme. On kuulemma niin ihmeellinen kaivo, että muualta kun on saattanut vesi jopa loppua kuivina kesinä, niin tämän pihan kaivosta ovat naapuritkin silloin hakeneet vettä. Jopa karjalle on siitä ihmevesipisteestä vettä riittänyt.

Ei tarvittu muuta kuin kunnon oksennustauti, kaikkien perijättärien sairastuminen siihen, useamman lakanan ja yöpuvun peseminen, niin saatiin kaivo tyhjäksi.

Onneksi se täyttyi yön aikaan.

Muuttaessamme uuteen kotiimme perheeseemme kuului irlanninsusikoira Branca. Olen edelleen sitä mieltä, että ainoa oikea, perheen kokoinen koira on irlanninsusikoira. Turvallisuutta luovan kokonsa lisäksi koira on luonteeltaan sopivan laiska. Se viihtyy piha-alueella ja on luonteeltaan niin säyseä, että varas voisi tulla viemään talon viimeisetkin piparkakut. Eikä koiralla olisi mitään sitä vastaan (varsinkin jos sille tarjotaan muutama pipari). Tosin kukaan ei edes yrittäisi tehdä moista: koiran koko ja ulkonäkö kehottavat jättämään paikan rauhaan. Vaikka lapset olivat pieniä, en koskaan pelännyt, että irlanninsusikoira hermostuisi lapsiin tai muihin eläimiin. Sen hermot ovat terästä ja se on lisäksi liian laiska innostuakseen jostain niin paljon, että se panisi paikat hyrskynmysrskyn.

Branca halvaantui tammikuussa ja niinpä ainoa inhimillinen teko oli antaa sen lähteä katsomaan ystäviään taivaan sineen. Vein sen lopetettavaksi ja sen jälkeen en halunnut mitään koiraa. Meillä oli Eläkeläisen ajokoira Typy ja se riitti.

Kävimme kuitenkin "muuten vaan" katsomassa koiranpentuja ja niinpä mukaamme tarttui yksi: pitkäkarvainen saksanseisoja Ringo. Turbovaihteella toimiva täysi luupää, jota Eläkeläinen kaavaili metsästyskaverikseen. Ringo osoittautui myös kotikoiraksi. Lapsista Ringo ei erityisemmin piitannut. Se tuli todistettua eräänä talvi-iltana kun Viranomainen komensi Ringoa alas keittiön pöydältä. Ringo nappasi Viranomaista nenästä kiinni ja seurauksena oli vaihteeksi matka päivystykseen, jossa hoitaja totesi, että passaa mennä kotiin: nenä paranee omia aikojaan ja neuvola rokottaa. Nyt Viranomaisella on sitten muisto Ringosta nenänpielessään. Kohotatuointia.

Kun Valantehnyt täytti kolme vuotta, Omaishoitaja aloitti koulun ja Viranomainen esikoulun, tuli itselleni ajankohtaiseksi miettiä työn löytymistä. Tosin kaksi pientä oli vielä kotona, joten miten järjestää asiat? Suomen Posti hoiti sen tarjoamalla työksi aamupostin jakelua. Olin aiemmin kysynyt varhaisjakelijan paikkaa ja kesällä sitten postilta soitettiin ja kysyttiin, että vieläkö olisi mielenkiintoa ottaa töitä vastaan. Toki, mikä sen parempi ratkaisu kun ajella aamuyöllä pari tuntia postia, viettää päivä kotona ja olla "yhteiskuntakelpoinen" eli työssä käyvä ihminen. Palkkaus ei tietenkään voi kahdesta tunnista olla suuri, mutta harrastuksesta on maksettava.

Soittelin kummitätini kanssa ja kerroin ilahtuneena, että nyt minulla on töitäkin ja saan silti hoitaa lapset kotona. Jolloin kummitäti kommentoi työtäni (tapahtuu pimeässä, aamuyöllä, ihmisten nukkuessa, pienessä asutuskeskuksessa): "No mutta sehän on mukavaa, sinä kun olet niin sosiaalinen ihminen. Tuollainen työ, on mukavaa kun saat tavata ihmisiä."

En ole vielä oivaltanut mitä kummitätini mahtoi sanoillaan tarkoittaa: jakoreitilläni ei ole näkynyt kuin muutama jänis, pari rusakkoa, kettu, ilves ja yksi kylähullu.

Viranomainen tulee esikoulusta iloisena kotiin.
Takana on kotimatka taksikyydillä, jossa kuljetettavana on myös ylemmällä luokalla olevia poikia.
- Hei äiti! Joelilla on hassu tapa heiluttaa. Se tekee näin (nostaa oikean käden keskisormen ja näyttää sitä minulle)
- Mä heilutin sille takaisin samalla tavalla.

Koulussa joulun jälkeen opettaja kysyy lapsilta, että mitä nämä olivat tehneet joululomalla. Innokkaana Viranomainen viittaa ja kertoo että isä iski itseään puukolla.

Koko katras oli saanut joululahjaksi kummivanhemmilta omat puukot, oikeat puukot. Eläkeläinen otti Viranomaisen puukon ja opetti samalla, että "näiden puukkojen kanssa pitää olla nyt varovainen." Samalla hän yrittää ottaa puukkoa tupesta ja toteaa: "Varsinkin kun otatte sen siitä tupesta pois, niin olkaa huolellisia." Eläkeläinen tempaisee puukon, mutta kun se irtoaakin nopeasti tupestaan, Eläkeläinen tekee vastaliikkeen ja iskee itseään reiteen. Pintanaarmu, mutta ainakin lapset oppivat, miten ei saa menetellä puukon kanssa.

Miksiköhän opettaja totesi lapsille usein, että hän haluaisi olla kärpäsenä katossamme?

Perheeseemme kuulunut kissa Party kuoli eräänä kevättalven aamuna. Kissa oli ollut poissa maisemista muutaman päivän verran. Olin hieman huolissani, sillä tavallisesti Partylla oli säännöllinen rytminsä. Yhtenä aamuna, oltuaan poissa kolme päivää Party tuli kotiin. Olin juuri lähdössä postinjakoon kun kissa tuli ovella vastaa ja mourusi sydäntä särkevästi. Näki, että sillä oli kovat tuskat. Kaikki ei ollut kohdallaan. Sinä samaisena aamuna yhdeksän aikoihin Party kuoli. Sen maatessa eteisen lattialla lapset kävivät katsomassa sitä ja varsinkin Valantehnyt kyseli, että miksi Party on eteisessä ja mikä sillä on. Yritin selittää, että Party on nyt kuollut, se on taivaassa. Valantehnyt ihmetteli asiaa, sillä hän näki kissan edelleen eteisessä takin alle peiteltynä, häntä vähän näkyvissä.

Tultuaan töistä kotiin Eläkeläinen kaivoi haudan ja laskimme Partyn sinne. Valantehnyt oli mukana hautajaisseremoniassa ja kysyi lopulta kun hauta oli peitetty: "Nytkö Party on sitten taivaassa, hännänpäätän myöten."

Partyn lähdettyä taivasmatkalle meille alkoi ilmestyä alivuokralaisia. Parhaimmillaan yksi hiiriystävä kurkisteli kaapin takaa isännän syödessä iltapalaa töiden jälkeen. Ja kun hiiret oli saatu kuriin ja poistettua maisemista, alkoivat myyrät juhlia tantereella. Istuessani kevätaurinkoa nauttien saapui rohkein myyrä varpaiden viereen päivää paistattelemaan. Se oli jo liikaa ja oli helppo saada Eläkeläinen innostumaan kissasta. Niinpä yhtenä toukokuun lauantaina kävimme hakemassa kissanpojan, joka sai hienon nimen Prinssi Eversti. Pian Prinssi Everstistä tosin tuli kotoisasti Eetu, ja oltuaan vasta 12 viikon ikäinen se kantoi ensimmäisen saaliinsa, myyrän, Eläkeläisen jalkoihin. Eetusta oli tullut hyvä kissa.

Osa-aika työttömänä 55 päivää.

Kyllä tämä työttömänä olevan elämä on yhtä kiirettä. Stressi meinaa pukata päälle, sairauslomaa vailla.

Tänään, pitkästä aikaan, olen jälleen perehtynyt iltapäivälehtien mielenkiintoiseen uutismaailmaan. Numero ykkösenä toisessa lehdessä luetuimpana uutisena on Venezuelan kohuhiihtäjä, joka uutisen mukaan lahjoittaa isot palkintosekit kahdelle suomalaiselle urheilijalle. Nyt ihmetyttää, mistä poika on rahat saanut. Eikös tämä sama jeppe tullut Suomeen lahjoitusten turvin. Ja eniten ihmetyttää, että ovatko nämä jotkut MM-kilpailut vai onko kyseessä joku kansainvälinen show.

Toisen iltapäivälehden kolmantena kärkijuttuna oli haju. Ympäri Suomen kun on havaittu ulosteentuoksuista pahaa hajua. Miksette kysyneet minulta, olisin tiennyt sen heti: Se on kevät! Joka kevät sama oksennuksen haju löyhähtää myös täällä korvenkätkössä. Mitä kuulaan raikkaampi kevätaamu, sitä vahvempi tuoksu. Sitä onnellisempi saa olla: olemme hajua lähempänä kesää.

Lehtien tarjonnan ohella olen nyt myös löytänyt tv-ohjelman, joka on paras tv-formaatti sitten Tupla tai kuitin: Sohvaperunat. Siinä ystävät, pariskunnat, seniorit, opiskelijakaverit tai seurueet kokoontuvat katsomaan televisiota. Väki katsoo kodeissaan samalla viikolla tulleita ohjelmia ja kommentoi niitä. Ihan kuin ennen vanhaan kun kylällä ei ollut kuin yksi televisio. Ja yksi kanava.

Niin on lupsakkaa istahtaa näiden vieraiden seuraan oman töllöttimen ääreen ja kommentoida ohjelmia heidän kanssaan. Ja mikä parasta, aikaa säästyy. Ei tarvitse erikseen katsoa jokaista ohjelmaa, yhteen ohjelmaan kun on koottu viikon kaikki ohjelmat. Nerokasta. Eikä tarvitse tarjota mitään iltapalaa vieraille, jokaisella on omat eväät mukanaan. Huono puoli on se, että vaikka ei varsinaisesti mitään tee mieli syödä, niin pakkohan se on jotain kaapista etsiä kun muutkin herkuttelevat.

Valantehnyt on edelleen valtion muonissa. Laittoi viestiä, ettei päässyt yhteisvastuukeräykseen kun oli niin flunssainen. Olisi itse halunnut mennä, mutta terveydenhoitaja oli sano-

nut, ettei päästä häntä sinne. "En anna lupaa osallistua. Menet vielä tartuttamaan koko kylän."

Omaishoitajan vaatimukset ovat kasvaneet. Yhtenä päivänä alkoi puhua palkkiosta. On kuulemma lämmittänyt saunaa, kantanut puita ja vahtinut talouden nelijalkaisia. Yksin. Koko päivän.

Päätin palkita. Toin lahjaksi vaaleanpunaisen Hello Kitty suklaamunan.

Osa-aikatyöttömänä 58 päivää.

Tänään ei ollut kävelyretkellä kelloa kaulassa. Ja niinhän siinä kävi - jalat pois alta. Juuri sillä hetkellä kun luulee, että mitään ei tapahdu. Vaihtaa huolettomasti tien toiselta puolelta toiselle. Astahtaa jäätikön päälle ja tajuaa: nyt mennään ja lujasti. Hetken aikaa näkee kaiken - ei elämäänsä, vaan kaatumisensa - ulkoapäin. Molemmat jalat ovat 74 asteen kulmassa. Pieni kantapäiden yhteen kolautus, tsa-tsa-tsaa, ja sitten reipas laskeutuminen. Ensin polvi, sitten lonkka. Ja tilanteen täydennykseksi pään heilahdus alas, ylös, alas - lasit pomppivat samaan tahtiin: tsa-tsa-tsaa. Hetken hiljaisuus. Lasit ovat ehjät. Ei mitään hätää. Pirskatti kun polvea juilii. Mutta tulipa todistettua: minulla on kestävät luut. Sitä se jugurtin popsiminen tekee.

Työpaikkojakin on taas tullut katsastettua. Ja löysin omani: parkkiperhonen. Vahvat luut kestävät, vaikka potkulaudalla kaatuisikin. Ja mikäli muistelen edellisen kesän perhosia, niin minimekoissa potkuttelivat pitkin keskustaa. Ei näyttänyt rankalta. Työskentelyni parkkiperhosena huomioitaisiin varmasti asuntomessuturistien kansoittamassa Mikkelissä: tähän kaupunkiin haluttaisiin muuttaa, koska se huomioi myös ikääntyvän väestön suojatyöpaikkoja tarjoamalla. Ei muuta kuin hakemusta täyttämään. Työttömänä tekee joskus epätoivoisia tekoja.

Oscar-skaalassa oli tapahtunut jonkinlainen väärinkäsitys: par- haan elokuvan palkinto meinasi mennä väärälle eloku- valle. Siinä olivat olleet hämmästyneinä niin oikean voittaja- elokuvan kuin väärän voittajaelokuvan tuotantotiimit. Vaikka mikäs ihme tuollainen erehdys on, onhan niitä erehdyksiä ta- pahtunut aiemminkin. On julistettu maailman kaunein, voit- tajan annettu juhlia minuutin verran ja sitten hoksattu, että ethän se sinä kaunein olekaan.

Toista se on tässä arkisessa elämässä: neljä vuotta saat kär- siä, jos olet paperilappuun väärän numeron kirjoittanut. Ja ihan erehdyksessä.

*O*sa-aikatyöttömänä 59 päivää.

Mikä minusta tulee isona? Tähän kysymykseen päädyin kun löysin persoonallisuustestejä seitsemän vuoden takaa. Ihan ovat ammattitaidolla tehtyjä, oikeita testejä, psykologi- tiimi Päämäärän tuloksia. Mitä ne kertoivat minusta? Kolme seikkaa persoonastani loistaa yli muiden:

1) Olen aito, välitön ja luonnollinen. Paljastan korttini heti. (Huono pokerinpelaaja).
2) Olen kärsimätön. Levoton, jännittynyt ja nopea. (Haloo, ei täällä ikuisesti olla).
3) Itseriittoinen. Oman polun kulkija, joka kaipaa vapautta. (En siis työtävieroksuva, ainoastaan vapaudenhaluinen).

Ja kun tämän testin nyt tulkitsen, tiedän heti mikä minusta tulee isona.

Minusta tulee Camel Boots. Kengät, jotka kulkevat omia pol- kujaan.

Kaappien siivous on muutoinkin virkistävää. Kyllä sitä ihmi- nen paljon laittaa talteen asioita. Ajatuksella, että jos vielä jos- kus tarvitsee. Löysin myös vanhoja muistitikkuja, joiden sisältö oli yllätys. Oli paljon tietoa, joista en tiennyt mitään. Eikä ollut minkäänlaista muistia, mihin liittyivät. Mitä siis tein? Jätin talteen. Jos oma muisti joskus vaikka palautuisi.

Viime jouluna meillä oli niin kaunis joulukuusi, että sääli oli sitä heittää pois ennen Uutta Vuotta. Mutta rajansa se on joulunvietollakin (viittaus aikaisempaan kohtaan "kärsimätön"). Viime viikolla isäntä päästi kuusen paremmille metsämaille polttamalla sen. Sanoi tosin, että olisi pitänyt lakata. Niin vähän lähti neulasia, että olisi hyvinkin voinut uudelleen käyttää tulevana jouluna. Onneksi sentään ihan kaikkea ei säilytetä.

*O**sa-aikatyöttömänä 60 päivää.*

Nyt alkaa satoa tulla. Eilen ja tänään olen saanut useampia sähköposteja. Ihmisiltä, joille en edes tiennyt laittaneeni viestiä. Mutta kun avaan saapuneen sähköpostin, huomaan, että siinähän on vastaus työpaikkahakemukseeni. Jota en enää edes muista hakeneeni. Ja sitten hetken ihmettelen, että miksi minä olen tätä hakenut... Vaikka turha pohtia, en siis ole kyseiseen paikkaan päässyt, en edes työpaikkahaastatteluun.

Pieni voitto kaikille työttömille, minulla taitaa kohta voimat uupua näiden hakemisten kanssa. Se, joka ei ole ollut työtön eikä hakenut oikeasti töitä, ei voi tajuta, kuinka uuvuttavaa tämä on. Jatkuva stressihormoni päällä. Ensin voimien kerääminen, jotta saa tehtyä ainutlaatuisen, uniikin työpaikkahakemuksen. Siinä sitä on osoitettava, että on työpaikantarjoajan kaipaama/tarvitsema laatuyksilö, jota ilman hän ei tule toimeen. Hän tahtoo Minut - kukaan muu ei kelpaa. Kun tämän on saanut rustattua paperille, on jo melko poikki. Aika paljon potaskaa ilmaan heitettynä - eikä eroa muista hakijoista mitenkään. Sitten hakemuksen lähetys ja jos oikeasti odottaa tältä työpaikalta edes sitä haastattelukierrosta, niin alkaa viikon piina. Jatkuva stressi päällä kun odottaa ja toivoo. Jo viiden päivän jälkeen hausta saa heittää aamutohvelit takaisin jalkaan, jos siihen mennessä ei ole yhteydenottoa tullut. Ja sitten se viimeinen niitti kolmen viikon. Et tullut valituksi.

Ja kun tätä tekee viikosta toiseen, on jo melko väsynyt. Stressaantunut. Jos töitä tarjottaisiin, ei voisi ottaa vastaan kun on jo valmiiksi työuupunut.

Viime viikolla väliovesta lähti kahva. Ulkopuolella ollut kahva murtui pois. Sisälle tullessa kun laittoi oven kiinni, niin ulkoapäin ovea ei saanut auki. Omaishoitaja jäi pihalle kahdesti: ensin kylältä, sitten saunasta tultuaan.

Nyt Omaishoitaja taitaa nauttia potut pottuina: Lähti eilen kylälle lasten kanssa leikkimään ja houkutteli Sairaanhoitajan hoitamaan koiriaan. Täällä nyt Eläkeläisen kanssa taiteillaan liukkaita rappusia ulos ja sisälle. Vielä ei olla kaaduttu. Ollaankin oltu enimmäkseen tuvassa. Minä kirjoittamassa työpaikkahakemuksia ja Eläkeläinen paistamassa muikkuja.

Myös villeistä eläimistä saimme kokemuksia. Olimme käyneet metsästysseuran järjestämissä onkikilpailuissa ja tulimme myöhään elokuisena iltana takaisin kotiin. Elokuista hämyä ihaillessamme pidimme ulko-ovia auki ennen nukkumaan menoa. Aamulla herätessäni ihmettelin outoja mustia papanoita tyynyliinallani. Samoja papanoita löytyi myös sängyn vierestä ja pikku- hiljaa alkoi ajatukseni heräillä aamuun: Meillä on ollut yövieras. Konttasin sängyn alusen, hain kaapin alta, huhuilin kirjahyllyn vieressä, mutta missään en nähnyt yhtään hiirtä. Sitten katseeni nousi seinälle ja siellä sen kohtasin. Seinään tehtyyn koloon kiilaantuneena näkyi hiiren ruskehtava takamus. Tai siis niin silloin luulin, hetkeä ennen kuin huusin.

Eläkeläinen ja lapset kiiruhtivat paikalle ihmetellen miksi avaan ääntäni niin korvia vihlovalla tasolla, jolloin soperran katsomaan seinälle. "Hiiri, hiiri on jäänyt seinänkoloon kiinni." Jolloin paremmin luontoa tunteva Eläkeläinen toteaa, että kyseessä ei ole hiiri vaan lepakko. Ja että seinässä ei ole mitään koloa, ainoastaan rouvan päässä taitaa olla onkaloita.

Tämän jälkeen seuraa lepakon pyydystäminen lasipurkkiin, kiikuttaminen ulos ja sen jälkeen koko makuuhuoneen täydellinen siivous. Toivoin kovasti, etten yön aikana ollut nukkunut suu auki.

Puhelin soi ja Valantehnyt vastaa siihen. Hetken on hiljaista ja sitten tyttö sanoo:
- Ei täällä ole ketään sen nimistä. Teillä on varmaan väärä numero.
Kännykkä kiinni ja sitten Valantehnyt ilmoittaa sisarilleen.
- Siellä kysyttiin jotain Eläkeläistä.
- Mutta sehän on isä!
- On vai?

Syksyllä pihaamme ilmestyi mies täysissä sotilasvarusteissa. Olin juuri kuunnellut uutisia koko päivän kuinka terroristit olivat hyökänneet WTC:n torneja vastaan lentokoneilla. Uutisista tuli kuvaa lentokoneista, jotka alati törmäävät rakennuksiin, jatkuvasti, jatkuvasti... Olotila oli sopivan pelokas. Mieleen tulvi kuvia isovanhemmista ja vanhemmista, jotka lähtevät evakkoretkelleen Karjalasta. Mihin tämä maailma on menossa? Silloin pihaan saapuu tämä mies armeijan puku päällään:

- Hyvää iltaa!

- Iltaa. (Pelokkaana, nyt on lähdön aika. Mitä ihmettä otan mukaani evakkomatkalle. Mitä teen eläimille. Voinko ottaa mukaan kissan. Entä koirat. Tai hevonen, sen selkään voin laittaa...) Kysyn:

- Millä tulit? (Mies on siis juossut metsän läpi. Kyllä meidän nyt on lähdettävä evakkoon...)

- No... Tuolla autolla.

- Autolla? Eihän me mahduta...(Mitä, nyt ne evakuoivat autolla.

- Niin. Yhteisvastuukeräystä. Annatteko sotainvalidien keräykseen...?

- Invalidit? Keräys? Eikö meitä evakuoidakaan?

- Niin että sotainvalidienkeräys on käynnissä. Voitteko Te tukea?

- Kyllähän minä...

Ja niin sotatanner rauhoittui. Enää ei tarvinnut miettiä mitä ottaa reppuun. Riitti kun antoi ropon sotainvalideille ja iltapalan lapsille.

Kesämme jatkuivat kuitenkin edelleen projekteissa. Seuraavana kesänä päätimme tehdä kasvimaan ja puutarhan. Paikka, johon sen suunnittelimme, oli tontin aurinkoisin – ja kivisin. Siinä oli ollut aikoinaan talo ja sen peruskiviä löytyi useampia kuutioita. Mutta minähän olin jo tuttu kivien kanssa. Niinpä sitten siirtelimme kiviä tulevan puutarha-kasvimaan alta koivun alle toiselle puolelle tonttia. Innostuin kivistä niin, että päätin rakentaa niistä sinä kesänä myös terassin keittiön ikkunan eteen. Minun ja eläkeläisen näkemykset terassin koosta ja korkeudesta menivät tosin ristiin. Eläkeläinen halusi ajaa traktorilla lumet talvisaikaan pihalta, eikä vakuutteluistani huolimatta uskonut, että minä työntäisin ne kolalla pois. Lisäksi terassin kohdalla oli suuri kivi, joka hänen mukaansa olisi täytynyt ottaa pois: minä olisin vain nostanut terassia niin korkealle, että kivi olisi jäänyt piiloon. Toiminnan ihmisenä en jaksanut odottaa savolaisen jahkaamista. Aloin keräämään kiviä yhteen kasaan keittiön eteen. Ja kun olin saanut vieritettyä kaikki suuret kivet ylös ja paikoilleen, eläkeläinen tuli ja sanoi, että ei tuo käy. Ei sitä noin ainakaan tehdä. Jolloin väsyneenä ja jopa turhautuneena pudotin viimeisen kiven kädestäni ja sanoin, että pidä pihasi.

Tämän episodin jälkeen pihamaatamme hallitsi sisääntu-
loreitin kohdalla epämääräisen näköinen kivikasa, sekoitus
hajotettua berliininmuuria ja kivilouhosta. Vieraamme kyseli-
vätkin aina, että mitä se esittää, onko siihen tarkoitus tehdä
jotain.

Sen kesän lopussa rakkaudenmuurimme (kuten sitä mie-
lessäni kutsuin) sai lähdön Eläkeläisen alkaessa rakentaa ti-
lalle patiota. Olin jo leppynyt ja osallistuin talkoisiin. Maassa
ollut kivi, joka oli aiemmin haitannut tasaiseksi suunniteltua
patiota, päätettiin poistaa. Uskoen itseeni vahvasti, nostin
rautakangen ja yritin lyödä kiven viereen. Löin kiveen, jol-
loin kanki kimmahti takaisin otsaan. Eläkeläinen kuvailee ti-
lannetta, että siihen jäivät akan kumisaappaat, niin kiireesti
lähti sisälle.

Saimme sinä kesänä siis valmiiksi kasvimaan, puutarhan ja
pation. Odottelimme innolla tulevaa kevättä, jolloin saisimme
kylvää ensimmäiset siemenet ja alkaa oikeiksi puutarhureik-
si.

Työttömänä 61 päivää

*Tässä sitä ollaan. Täysin työttömänä jälleen. Potkut saa-
neena. Pitäisi ilmeisesti olla syvästi pettynyt, mutta onni se
vain kuplii sisällä. Joku voima se meitä ihmisiä ohjaa ja joh-
dattaa, auttaa tekemään kipeitäkin päätöksiä. Kiitos siitä. To-
dennäköisesti tämä tunne on nyt molemminpuolinen.*

*Mutta kun yksi ovi sulkeutuu, niin uusia avautuu. Tässä tä-
hyilen, mutta umpinaiselta vielä näyttää, ei rakoa missään.
Ehkä jonain päivänä...*

*Onni voi potkia muutoinkin. Sain Iltasanomien voiton Saat-
tokeikan ennakkonäytökseen. Se hyvä puoli tässä työttömänä
olossa on, että ehtii vastailla kaikenlaisiin kyselyihin ja arvon-
toihin.*

Nyt jää kyllä punainen matto kokematta, kun en Helsinkiin asti kehtaa lähteä. Mutta voitto on siirretty hyviin silmiin ja tilannekuvaus varmaan jälkeenpäin tulee kuultua.

Paketti oli kahdelle, ja johan Eläkeläinen siihen heti kommentoi kun hihkaisin voiton tulleen: "Ei meidän nyt mitään Saattokeikkaa Helsinkiin asti tarvitse lähteä kokemaan. Kyllä se jokaiselle tulee kun aika on."

Eli sitä odotellessa

Työttömänä 65 päivää

Nyt on ollut työttömälläkin muuta ajateltavaa kuin työnteko. Ensinnäkin, viime viikolla tuli viestiä etelän suunnalta, että sitkeä iso- äiti on huonolla tolalla. Ei ole maistanut ruoka, oli sekaisin maha ja hengityskin oli vaivalloista. Sairaalapastoriakin oli kuulemma halunnut tavata. Ihan peljästyin, että ehtiikö sitä vielä isoäitiään nähdä ja millä tolalla elämänhalu on. Lähtö siis mammaa katsomaan perjantaina. Terveyskeskuksen vuodeosastolle saapuminen, huoneen oveen koputtaminen, huoneeseen kurkistaminen: täälläkö makaa mamma? Onko tajuissaan? Miten heikkona on? Astumme Eläkeläisen kanssa huoneeseen. Siinä istuu yli sata vuotias ja pistää makaroonia poskeen. Katsoo meitä ja sanoo päivää. Sitten tunnistaa, että tuttujahan nuo ja vallan ilostuu. Heittää lusikan mäkeen. Hetken pelästyn, ettei vaan liikaa ottanut pumpusta kun niin innostui. Ei mitään, terästä se on tämä minun muori. Nauraa Eläkeläisen kaljulle ja uudelle parralle: "Ei kasva enää hiukset, mutta juuret pukkaavat leuasta ulos". Sanoo, että on vaikea puhua kun ottaa henkeen. Mutta höpöttää koko ajan kun jotain kysyn. Ei kirjoita vihkoon mitään, minä kirjoitan. Suuri toiveeni on, että pääsisi pois sieltä makaamasta, niin varmasti juoksisi vielä kolmensadan metrin lenkin. Kunhan ei antaisi periksi.

Seuraavana päivänä käy sukulainen katsomassa. Laittavat heti käynnin jälkeen viestiä, että niin on muoti haperossa kunnossa. Pientä vitsiä siihen kevennykseksi: kukapa meistä ei tuossa iässä olisi. Henki kulkee vaivalloisesti. Voi-voi! Ei hyvältä näytä.

Vähän harmittaa tuo negatiivisuus. Taisivat erehtyä ovesta. Minun mammani on ikäisekseen hyvässä kunnossa, vaikka vähän unet ja todellisuus joskus menevätkin sekaisin. Ja olisi vielä paremmassa hapessa, jos ei hyppyytettäsi edes takaisin sairaalan ja kodin välillä, vaan saisi paikan palvelutalosta. Piste.

Lauantaina vein sitten Eläkeläisen, Omaishoitajan, Viranomaisen, Sairaanhoitajan ja Valantehneen katsomaan stand up -komiikkaa. Viranomaiselle olisi kuulemma riittänyt nämä viimeisimmät blogikirjoitukset. Luki niitä ohjelman alkua odotellessa. Oli kuulemma riittävän hauskaa. Ei kuitenkaan nauranut niin kovasti kuin stand up -esitystä katsoessaan. Juuri kun olin tottunut vieressä istuvan tuntemattoman rouvan iloisiin huudahduksiin ja suosionosoituksiin, Viranomainen päästi jylisevän naurun, jota muut perijättäret hiljaisemmalla hekotuksella jatkoivat. Oli siis kaikin puolin iloinen illanvietto. Ja yksi vinkkikin sieltä löytyi. Kun on ilmavaivoja, niin kannattaa varmistaa, ettei luota musiikin peittävän ääntä kun päästelee ilmoja ulos. Ei ainakaan silloin kun kuuntelee musiikkia korvakuulokkeilla.

Työttömänä 66 päivää

Paikka, johon hain noin 30 päivää sitten ja jonka heitin jo muistokansioon, poiki kuitenkin jotain uskomatonta. Sain kutsun työpaikkahaastatteluun. Olin siis yksi yli 150 hakijasta. Ja pääsin seuraavaan vaiheeseen. Pohdin, että nyt on laitettava lotto vetämään ja tehtävä muutama pitkäveto. Tosin sitten tajusin, etten tiedä kyseisestä pelistä mitään. Joten jätin turhat höyryämiset ja mietin mitä panisin haastatteluun päälle.

Nykyisin jos näin pitkälle pääsee, niin tulee huono fiilis jos tietää tehneensä jotain, mikä pilaa haastattelun. Minä meinasin tukehtua yskänpuuskaan. Sain kyllä viitottua, että ei

*mitään hätää: "Tämä on Valantehneen ja Omaishoitajan tuo-
mien pöpöjen cocktail". Ymmärsivät ja antoivat minun rau-
hassa tukehtua. Mutta harmittihan se. Nyt luulevat, että olen
joku helkutin hinkuyskäinen vanhus. Vaikka oikeassa lienevät.*

*Mutta eipä siinä ollut kaikki yllätys vielä tälle päivälle. Kun
olin lähdössä Isolta Kirkolta kotia kohti, niin puhelin heräsi. Ja
iloinen yllätys oli, että huomenna pääsen taas Isolle Kirkolle.
Työpaikka-haastatteluun.*

*Jos tätä menoa jatkuu, niin kohta pitää hakea pankista lai-
naa, että pääsee kaikkiin haastatteluihin.*

Työttömänä 67 päivää.

*Huomasitteko mitä iloa oli MM-kisoista? Niiden aikana ilta-
päivälehdissä oli tavallista vähemmän Trumphia ja suomalai-
sia apinoita - eikun, mitäs ne olivat... (Hitsi kun tämä työttö-
myys alkaa jo vaikuttaa suomenkielen sanastooni). Ja kyllä nyt
harmittaa kun koko ajan pilkkaan niitä hauskoja, rehellisiä,
luonnollisia, mukavia... Siis niitä Korkeasaaren asukkaita, re-
hellisiä apinoita.*

*Kun hiihdot loppuivat, niin Timo ilmoitti vasta sen jälkeen
jättävänsä pestin puheenjohtajana. Mutta ei tietenkään ulko-
ministerinä. Tämä suomalaisten poliitikkojen toiminta on niin
yllätyksetöntä. Kannattaisi heidänkin ottaa esimerkkiä vaikka
50 kilometrin miesten hiihdosta. Vaikka ruuhkaa koko mat-
kalla onkin, niin kyllä loppumetreillä iloa saadaan kun Suo-
mi-poika yllättää itsensäkin.*

*Hiihdon melskeessä meinasi Viranomainen ja Valantehnyt
melkein myöhästyä jatkoyhteyksistään, koska Eläkeläinen kat-
soi ajantajunsa hävittäneenä loppuratkaisua. Sanoi hetken ku-
luttua autoon istuessaan, että on se kumma kun aina menee
niin hilkulle näiden lähtemisten kanssa. Tarkoittiko sitten Ma-
tin lähtöä vai meidän, en kysynyt tarkemmin. Vaikka olisihan
se paljon helpompi hiihtää kun lähtisi jonkin hetken ennen
muita. Eikä olisi aina se ikuinen kiire.*

Tänään on sitten taas uusi Isolle Kylälle lähtö. Muuten hienoa, mutta työnhakijan pitäisi olla aina siisti ja asiallisen näköinen. Koita siinä nyt sitten olla fiini, kun nenänalunen on punainen kuin niiden mainittujen apinoiden pylly ja yskä kuin pari viikkoa suolla märissä kengissä tarponeella. Yritin fiksata naamapuolta, mutta lopputuloksena taisikin olla korostus eikä peittäminen.

Äsken se tuli muuten juuri luettua: Aira Samulin on vuoden nainen. Vaikka ikää on vähän useampi vuosi, niin kyllä kalpenee moni Airan vierellä. Joten asennekysymys. Niin myös tämän yskän ja punaisen nenänalusen kanssa.

Tällä asenteella siis työpaikkahaastatteluun.

Sairaanhoitaja tulee kerhosta
kotiin ja selostaa innoissaan:
-Meillä on sellainen näytelmä, että siinä on isä
Joosef ja sitten äiti. Sen nimi on Maria. Ja sitten siinä on vauva ja sen nimi on Jeesus.
Ja siellä on enkeleitä ja (hetken mietintää)
- karjakoita.
Eikö Raamatun käännöksessä olisikin
voitu muokata tekstiä vielä paremmin
nykykieleen ja ammatteihin sopivaksi.

Kuten Eläkeläinen, Omaishoitaja, Viranomainen, Sairaanhoitaja ja Valantehnyt sekä lukuisat eläimemme, niin myös Sisareni, Lankoni ja heidän lapsensa perheineen kuuluvat kiinteästi perheyhteisöömme. Vaikka sukua olemmekin, niin ennen kaikkea ystäviä.

Mennessään naimisiin sisareni ja lankomieheni saivat minulta häälahjaksi kissan. Ei missään nimessä viisasta, sillä elävää olentoa ei koskaan saisi antaa lahjaksi. Tässä tapauksessa kissan hankinta oli kuitenkin erinomainen ratkaisu. Musta kissa sai nimekseen Zorro ja jopa kissoihin kyräillen suhtautunut lankomies antoi sydämensä tälle karvakasalle.

Sisaren lasten synnyttyä kissa oli jo vakiinnuttanut paikkansa nuorenparin perheessä. Nimi tosin ei taipunut pikkuihmisten suussa kunnolla, ja z-kirjain tuli usein korvatuksi t:llä ja r-kirjai- met muuttuivat älliksi. Tuntemattoman vieraan lähestyessä taloa olivat lapset innokkaina vastassa ulko-ovella. Huomatessaan heidät mies oletti, että nämä tulevat vierasta vastaan, mutta lapset ilmoittivatkin äidilleen: "Äiti, äiti, Tollo tulee!" Mustaa kissaa mies ei huomannut. Ihmetteli vain huonosti kasvatettuja lapsia.

Toisen tilanteen, jossa nämä lapset saivat ympäristöltä paheksuvia katseita, oli kauppa. Lapset olivat kaupassa isoisoäitinsä Hildan kanssa, jota he kutsuivat Kuore-mammaksi erotukseksi lasten isoäiti-mammasta.

Iloissaan lapset huusivat nähdessään jotain näyttämisen arvoista isoisoäidilleen: "Kuole-mamma! Kuole-mamma!"

Työttömänä 76 päivää

Viranomainen kävi viime viikolla katsomassa isoisoäitiään, kun siellä suunnalla majailee. Olivat ottaneet yhdessä Snapchat-kuvia. Siinä muori on pupunkorvat kohollaan lähettämässä terveisiä meille. Nyt kun isoäiti kertoo sukulaisille, että hän oli kuvassa pupuna, välillä lehmänä maitoa suusta valuen, niin saattaa olla, että luulevat muistin lopullisesti lähteneen. Tai muorin nähneen järjetöntä painajaista.

Vaikka tekniikka eteenpäin meneekin huimalla vauhdilla, niin kyllä isoäidin elämässä se vasta onkin kiihdyttänyt menoaan kuin viritetty Ferrari. Kuuntelin tässä uutisia sivukorvalla. Itkuvirsiperinne on saatu elvytettyä. Jes, nyt vain viikonloppuisin katsomaan vanhoja Pieni talo preerialla -sarjan jaksoja, niin itkeminen on taattua. Nykyään tv ei tosin tarjoa enää vastaavia kokemuksia. Aikoinaan kun katsoin ko. sarjaa sunnuntai-iltapäiväisin, niin sain koko viikon murheet kerralla itkettyä. Se oli itkuvirsiperinnettä parhaimmillaan. Nykyään ei tv-viihde jaksa itkettää. Eikä myöskään naurattaa. Pitää varmaan etsiä vanhat hyvät lasten piirretyt elokuvat, niin niiden parissa kyllä pari kyyneltä voi pirauttaa. Tai tehdä kuten perijättärien serkku teki ollessaan lapsi: katsoi elokuvaa, jonka yksi kohtaus itketti pientä katsojaa. Sen jälkeen hän kelasi vhs-kasettia takaisin kohtaan, josta itkettävä materiaali alkoi. Katsoi uudelleen ja itki. Kelasi, katsoi ja itki. Ja pari kertaa vielä tämänkin jälkeen.

Kävimme Eläkeläisen kanssa katsomassa Saattokeikan. Todettiin, että paras mennä katsomaan eikä jäädä odottamaan. Mukava elokuva, jossa oli uusia kasvoja, mutta vanhoja todistamassa, että elokuva on ihan oikea elokuva. Jäi hyvä mieli, vaikka kuolema saapuikin (pahus, nyt tuli juonenpaljastus, jota ei kyllä nimestä olisi millään arvannut).

Työmarkkinoille kuuluu samaa kuin ennenkin. Rohkeita, päättäväisiä, strategisesti ajattelevia, muutoshakuisia, dynaamisia, nuorekkaita, pelottomia, aikaansa edellä olevia, vaudikkaita, moderneja työnhakijoita tarvitaan. Ei ole yhtään staattisille, paikalleen jämähtäneille, muutosvastaisille, tylsille, aroille työnsä tunnollisesti tekeville toimistohiirille, jotka eivät halua ensimmäisinä huutaa "muutoksia kehiin", vaan jotka haluaisivat vain tehdä työnsä. Tylsänkin.

Kuka sen työn sitten tekee kun kaikki vain keskittyvät rohkeaan, dynaamiseen ja nuorekkaaseen muutokseen?

Viikonloppu tulossa, joten alkoi se työttömän vapaa. Hengähdystauko. Ja toisaaltaan, eihän tässä nyt mihinkään työhön voisi lähteäkään. Omaishoitaja on lähtenyt harjoitteluun ja jättänyt oman onnensa nojaan. Ujuttanut myös nelijalkaisensa päivähoitoon. Ja Sairaanhoitaja livistänyt toiseen kaupunkiin ja myös jättänyt nelijalkaisen huostaani. Taidan tehdä heitteillejätöstä ilmoituksen. Omastani ja Eläkeläisen.

Työttömänä 79 päivää

Kuulin sukulaiselta, joka oli käynyt viikonloppuna tapaamassa isoäitiä, että muorilla menevät nimet sekaisin. Sukulainen taulukoi tilanteen ja yritti siten saada järjestystä kuka kenenkin lapsi on, mutta sekaisin ne muorilla silti meni.

Omaishoitajan mukaan ei ole syytä paniikkiin. Jos lapset ovat keskenään yhtä rakkaita, niin nimet menevät sekaisin. Eli ei mitään ongelmaa, vaikka välillä kissojen, koirien ja perijättärien nimet menevät miten sattuu. Rakkautta se vain on. Kaikille tasapuolisesti.

Uusi viikko on alkanut. Sairaanhoitaja vei auton, Omaishoitaja on harjoittelussa, Valantehnyt suuntasi jo eilen puolustamaan maatamme, Viranomaista ei ole näkynyt koko viikonloppuna. On se vain totuteltava, että täällä korvessa ei ole kuin minä ja Eläkeläinen. Ja lukematon määrä nelijalkaisia. Joskus toivon, että minullakin olisi oma koira.

Eilen sunnuntain iloksi päätimme Valantehneen kanssa virittää nuotion pottumaan laitaan. Valantehnyt kävi hakemassa tulitikkuja, minä puita. Olisi pitänyt tehdä toisinpäin. Kävellessäni puut sylissä kompastuin jääkumpareeseen ja lensin nurin. Ensin osui leuka, sitten polvi. Samantekevää kummin päin, kumpaankin sattui. Oli vaikea valita kumpaa valittaa enemmän. Päädyin polveen, onhan se tässä työttömänä ollessa joutunut useammankin kerran loukatuksi. Nyt on leuka mustana ja polvi patilla. Koti ja sen ympäristö on vaarallisin paikka maailmassa, se on tänä talvena tullut todistettua.

Kunniaa ja sertifikaateja on tullut. Eilen Omaishoitaja oli mustan mörrinsä ja nuoren svessonin kanssa koiranäyttelyssä. Nuorempi hurmasi tuomarin silmäripsiään räpsyttelemällä ja oli ROP pentu. Vanhempi poju sai sertin. Arvaan, että nyt joku saattaa miettiä, että mitä minä olen tehnyt noiden saavutusten eteen. Paljonkin. Jakanut mm. salaisia herkkuja pojille. Salaisia Omaishoitajalta.

Kevät tekee tuloaan ja kohta on jo polvisukkakeli. Tuskin nykyajan lapset tietävät, kuinka odotettua oli hetki, jolloin sai laittaa valkoiset (aamulla) polvisukat ja kävelykengät jalkoi-

hin. Tänä päivänä mainitunlaisella pukeutumistyylillä muistuttaisin nuoruuteni kummajaista: Lepakko-Leenaa. Nimityksellä ei ollut mitään tekemistä sukupuolisen suuntautumisen kanssa. Ilmeisesti joku oli vain keksinyt antaa Leenalle nimeen sopivan liitteen, joka ennemmin esitti hänen pukeutumistyyliään. Tosin koskaan en nähnyt Leenalla mustia vaatteita, joten lieko nimen antanut ollut värisokea. Lepakko-Leena siis ajeli polkupyörällään bussipysäkille ja kävi kaupungissa Matkahuollon baarissa juomassa päiväkaljat. Aina tyylikkäänä hame liehuen, jaloissaan polvisukat ja tennarit. Ehkä minäkin vielä tänä keväänä...

Aikana jolloin oma katraani ei ollut vielä syntynyt sain iloita sisareni lapsista, joita kohtelinkin kuin omiani olisivat olleet. Ehkäpä meistä välittyi joskus perheidylliä myös ulkopuolisille, sillä ollessani kaupassa kolmen omani ja sisaren lasten kanssa tuli tuntematon rouva luokseni ja sanoi: "Rouva parka, ovatko nämä kaikki teidän?"

Mitäpä sitä siihen voi muuta kuin nyökätä – minä, rouva parka. Toisinaan tästä lapsikatraasta oli myös hyötyä, varsinkin jos tarvitsi kantoapua. Olimme samalla kokoonpanolla matkalla Hilda-mammaa tapaamaan. Kyseessä oli elämysmatkailua, sillä olimme liikkeellä junalla ja meidän täytyi suorittaa junanvaihto Tampereella. Niinpä jokaiselle lapselle oli annettu oma tehtävänsä, jotta ehtisimme seuraavaan junaan turvallisesti ja ajoissa.

Vähän ennen Tamperetta siirryimme eteiseen odottamaan. Sisaren lapsilla oli kassit, lisäksi heidän tehtäväksi oli annettu Omaishoitajan vahtiminen. Minulla oli Sairaanhoitaja kantorinkassa selässä, pidin Viranomaista kädestä ja toisessa kannoin kassia. Valantehnyt oli salamatkustajana mahassa.

Eteiseen purjehtii mies, hivenen nauttineen oloisena ja ihastelee suurta lapsikatrastani, muistelee omaansa, kehuu naisten tehtävää äitinä ja lopuksi tarjoutuu auttamaan kantamisessa. Sanon kiitos ei, ystävällisesti mutta napakasti.

Mies tarjoutuu uudelleen, jolloin totean, että olemme jakaneet tehtävämme ja niitä ei muutella. Piste.

Juna pysähtyy, kiepsahdamme kapsäkkien kanssa asemalaiturille ja alamme suunnistamaan kohti alikulkutunnelia. Puolittainen juoksuvauhtimme on nopea. Saavumme tunneliin ja kannustan lapsia: "Vauhtia nyt, vauhtia, juna lähtee! Juoskaa!"

Ja takanamme juoksee henki pihisten edellisen junan kohtelias mieshenkilö hihkuen: "Rouva, rouva, odottakaa!". Saavumme seuraavalle asemalaiturille, alan koota katrastani ja laukkujamme junaan kun mieshenkilö tulee viereeni ja ääni juoksusta vapisten hengähtää: "Mutta, rouva hyvä, olisinhan minäkin voinut kantaa jotain, minäkin olen tulossa tähän junaan."

Sisarenperheessä on myös sukumme perintö hoidettavana. Eli koiravanhus Mökö. Isäni ollessa vielä elossa he ottivat äidin kanssa perheeseensä skotlanninpaimenkoiran. Mökö ei ollut väriensä puolesta rotunsa valioluokkaa, mutta kotikoiralle ei väristä väliä. Se, kuinka Mökö siirtyi asumaan sisareni perheeseen, onkin taas monien yhteensattumien summa.

Isäni kuoltua Mökö eli äitini kanssa kahdestaan. Mutta uudenvuodenaattona vuonna 1998 äitini sai aivoverenvuodon hänen persoonansa muuttui. Hän oli aamulla herännyt aivan normaalisti ja sisarenpoika oli käynyt kysymässä, voisiko mamma lämmittää savusaunaa, sillä he olivat lähdössä kaupunkiin. Tultuaan mamman luota pois, poika ilmoitti mamman olevan sairas. Siihen aikaan asuimme samassa pihapiirissä sisareni kanssa, joten juoksimme paikalle ja huomasimme, että mamma ei ollut kunnossa. Ambulanssin tultua paikalle, mamma kiikutettiin ensin Pieksämäelle, sieltä Mikkeliin ja lopuksi vielä Kuopoon. Heikkokunoinen ihmenen ei ehkä kovasti arvosta tällaista kiertomatkailua. Sisareni kanssa ajelimme ambulanssin perässä. Kuopiossa saimme kuulla, että ei ole mitään syytä huoleen: "Äidillänne on vain aivoverenvuoto, homma hoituu. " Tai niin me silloin luulimme. Seuraavana aamuna soitimme ja kysyimme, joko äitimme oli päässyt leikkaukseen. "Ei vielä, hän jonottaa." Jonottaa?

Miten? Lappu kädessä vai onko leikkaukseen menevät sänkyt laitettu käytävän varrelle jonoon?

Kun sitä seuraavana aamuna äiti oli edelleen "jonottamassa", päätimme sisareni kanssa mennä paikanpäälle itse katsomaan kuinka pitkä jono onkaan.

Siinä vaiheessa äitini kunto oli heikentynyt niin paljon, että hänet oli siirretty teho-osastolle hengityskoneeseen. Astuessamme äidin sängyn viereen, nojasi lääkäri sängyn jalkopäähän ja tokaisi: "Tossa kunnossa se nyt on." Kysyin, koska leikataan ja että tahdon puhua leikkaavan lääkärin, neurologin kanssa. Kuin sähköiskun saaneena nojaileva valkotakki ampaisee pystyyn ja huudahtaa: "Neurokirurgi!"

Onneksi titteli oli väärin. Muutoin tohtorismies olisi saattanut nukahtaa siinä teho-osastolla vajaakuntoista äitiäni ihmetellessä.

Ja kun äitini sitten vihdoin ja viimein oli päässyt jonotuksessa siihen vaiheeseen, että hänet leikattiin, lääkäri totesi "Oli se niin vaikea leikkaus kun verisuonet olivat liimautuneet ihan yhteen."

Lopputuloksena me saimme takaisin äitimme fyysisesti. Oli kuin tieteiselokuva "Sielunvaltaajat" (tunnetaan myös elokuvana Palkoihmiset) olisi tullut toteen. Äidin näköinen, mutta kuka ihme oli siellä sisällä.

Äidin sairaalassa ollessa yritimme hoitaa sisareni kanssa äidin asioita, mm. maksaa hänen laskujaan. Lienemme olleet kärkkään näköisiä omaisuuden tavoittelijoita yrittäessämme urkkia äidiltä hänen pankkikorttinsa tunnuslukua. Varsinkin kun äiti siinä vaiheessa alkoi nokkelaksi ja hymyili jossain tajunnan äärirajoilla sanoen, että: "Juupa-juu, tunnuslukua hih-hih. En kerro." Äidin luonne muuttui. Ehkä me huomasimme sen siitä, että ennen muista huolehtiva äiti ei enää osannut pitää huolta koirastaan. Ja niin Mökö muutti sisarelleni, sillä ilman ruokaa koira kuolee ja ilman ulosvientiä sen on tehtävä tarpeensa sisälle.

Koska isäni oli osannut elää niin, ettei jälkeläisten tarvinnut perinnöstä tapella, alettiin Mököstä puhua "perintönä." Monta hupaisaa hetkeä on saatu ajatuksesta, että Eläkeläinen vei minut vihille "perinnön" takia tai että sisareni sai kahmittua "perinnön" itselleen. Sisaren ja tämän perheen lomamatkojen aikana me saimme nauttia "perinnön" hoitamisesta.

     Muistatko äiti kun mä kerroin
siitä Sadun ripsienvärjäyksestä
-Niin?
-No Satu halusi Jussin ajavan omat
kainalokarvat. Se sano, että Jussin kainalot haisee ja siksi Jussin täytyy ajaa ne karvansa pois.
-Vai niin...
-Niin, sitten Jussi oli laittanut jotain mömmöö kainaloihin. Ja niitä kirveli.
-Yhym.
-No Jussi tuuletti tälleen kädellään niitä kainaloita kun niille tuli kylään yksi mies. Jussi sanoi, että se ajo kainalokarvat ja nyt se aine vähän kirvelee.
-Niin...
-No se sama mies soitti silloin aikaisemmin kun Jussi värjäsi niitä ripsiä...

Kun elämässä tapahtuu oikein paljon, sitä kuvittelee, että enempää ei todellakaan voi tapahtua. "Että nyt on kyllä koettu yllin kyllin, ihan tarpeeksi, kiitti vaan, riitti jo." Ja mikäs silloin on varmempaa kuin uusi yllätys...

Keväällä 2003 lähdimme suolle kuuntelemaan teerien kujerrusta, soidinmenoja. Lapset herätettiin hyvissä ajoin aamuyöllä, että päästäisiin hiipimään paikan päälle suolle ennen lintuja. Uniset ja väsyneet lapset olivat intoa täynnä: paitsi Valantehnyt, jota väsytti ja jolla oli saappaassa reikä ja sukka kastui ja ... Siinä vaiheessa ärähdin, että älä aina valita, nyt ollaan suolla kuuntelemassa mitä luonto puhuu. Emme nähneet yhtään teertä ja äänetkin olivat melko olemattomat: luonto päätti olla hiljaa.

Tapahtumat, joita silloin emme ymmärtäneet yhdistää, jatkuivat.

Toukokuun alussa olimme kummipoikamme 9-vuotissynttäreillä. Yht´äkkiä kesken vierailun Valantehnyt tuli syliini, valitti väsymistä ja hänelle oli noussut kuume. Ei ollut nuhaa, ei kurkkukipua, vain äkkinäinen kuume. Lähdimme kotiin ja myyräkuumeen pelossa kyselin neuvoa sairaalan päivystyksestä. Vastaus oli se tyypillinen: "Jos kuume jatkuu kolme päivää niin ottakaa yhteys omalääkäriinne…" Kuumeilu loppui siihen päivään. Seuraavana aamuna ei ollut enää mitään. Asia unohtui pariksi viikoksi.

*T*yöttömänä 80 päivää.

Niin se aika menee kun on hauskaa. Niinhän tämä työttömyys on kuin uuteen työpaikkaan meneminen. Aluksi tuntuu jännittävältä ja miettii, että kuinka tähän sopeutuu: aika kuluu ensimmäisinä päivinä tutkien, kuunnellen ja ihmetellen. Mutta sitten jossain vaiheessa tulee tunne, että olen aina ollut tässä työyhteisössä. Niin se on myös tämän työttömyyden kanssa. Ensin pari kolme viikkoa on jatkuva työpaikkojen haku, ahdistus ja toivo. Kyllä se vielä työpaikka löytyy, ei tarvita kuin yksi. Ja sitten siihenkin tottuu että ei löydy eikä saa. Ei edes sitä yhtä. Tämän jälkeen ollaankin sitten vaiheessa, että tässähän viihtyy. Mikäs se on ollessa. Tekee omia askareitaan kun jaksaa. Lämmittää mökkiä jos aurinko ei tarpeeksi sitä lämmitä. Käy ulkona jos tupa alkaa ahdistamaan. Ja työkaverit ovat mitä parhaimpia. Eivät turhia höpötä. Välillä ärisevät toisilleen vanhasta haisevasta luusta, haukkuvat kun näkevät olemattomia, murjovat mirriä porukalla. Ei mitään eroa ns. normityöpaikoista. Vai onko?

*80 päivässä ehti aikonaan kiertää maailman ympäri, aina-
kin Julesin mukaan. Nykyään sen voi tehdä 10 päivässä. Aina-
kin Googlen mukaan.*

*Minun saavutukseni 80 päivässä: kymmeniä, ehkä toista
sataa hakemusta. Pari hassua haastattelua. Ja lopputulos on
sama. Tässä ollaan samalla penkillä edelleen. 80 päivää van-
hempana kuin ennen tämän kokeilun alkua. Ei tunnu enää
niin dynaamiselta eikä voitonvarmalta. On ennemmin sellai-
nen seesteinen huopatossu olo. Mutta rauhallinen. Koe on siis
tältä osin onnistunut. Ihminen selviää 80 päivää ilman juma-
latonta heilumista ja hötkyilyä.*

*Toissapäivänä kävin seminaarissa tutkailemassa, olisiko mi-
nusta yrittäjäksi. Olisi pitänyt tehdä se mitä tilaisuuteen läh-
tiessäni tuumailin. Ottaa käyntikortteja, jossa on nimi, yhteys-
tiedot ja osaaminen näkyvissä ja jakaa läsnäolijoille. Nyt olin
kuin suutarin lapsi ilman kenkiä: ei ollut mitään ääntä vah-
vempaa. Onneksi se kyllä kuuluu.*

*Tilaisuus oli todella mukava ja antoisa. Tuli hyvä mieli ja va-
loi uskoa tulevaan. Lisää vastaavia tilaisuuksia, niin eiköhän se
tästä. Eräs paikalla olleista, tilaisuuden teemaan liittyen, har-
kitsi oman yrityksen perustamista. Tämän työttömän asenne
oli oikea: on ollut pari vuotta työttömänä, mutta on niin kiire,
ettei ehdi masentua työttömyydestä.*

*Tein erääseen hakemukseen liittyen testin, joka oli tullut
sähköpostissa kyseistä paikkaa tarjonneesta vuokrafirmasta.
Olisi tietysti ollut mukavaa, että olisivat ohjeistaneet kunnolla,
mm. kertomalla kuinka monta osiota testissä on, kauanko se
kestää ja onko mahdollisuutta keskeyttää. Painoin start-nap-
pia ja sitten mentiin. Paikalle saapui Omaishoitaja ja neli-
jalkaiset, tietokoneen toinen näyttö irtosi ja sen seurauksena
kuva hävisi, vilahti ja hetken tuumittuaan päätti näyttäytyä
uudelleen. Yritin vimmalla keskittyä tekemiseen, päätin olla
ajattelematta onko Omaishoitajalla asiaa, mikä nelijalkai-
nen on vieressä. Keskityin niin lujasti, että ajattelin vain mitä
Omaishoitaja haluaa ja mikä karvakaveri. Mutta testi eteni ja
sekunnit kuluivat ja määräaika humahti loppuun. Mutta hyvin
meni, mikäli testattiin hakijan huumorintajua ja pinnan kes-*

tämistä. En tosin tiedä miten sen saivat selville, että sen osion ainakin sain kunnialla kotiin.

Viikonloppu koittaa. Työttömän ihaninta aikaa. Sairaanhoitaja voitti Hannun konttorilta ilmaiset liput Juha Tapion konserttiin. Suuntaavat sinne Omaishoitajan kanssa. Yritin ehdottaa, että ei minullakaan mitään perjantaille sovittua, mutta tuntui kuuluvuus olevan huono. Tosin eilen jäätikkö hyökkäsi takaraivooni ja kyynärpäähäni, joten ei minusta ehkä lähtijäksi olisi ollutkaan.

Ensi viikolla on viranomainen kotona lomalla ja koska Valantehnytkin saapuu viikonloppuvapaalle, on koko joukkue pitkästä aikaan koolla. Ruokaa menee - mutta hyrisevät mahat on mukavaa kuultavaa työttömälle.

*T**yöttömänä 86 päivää.*

Elämän myötä tavat muuttuvat jonkin verran. Tai ehkä myös elämäntilanteen myötä. Viranomaista seuratessani olen huomannut, että hänestä on ihanaa kun kalenteri on täysi. On kaikenmaailman tärkeitä ja välillä vähemmän tärkeitä asioita, joita hän haluaa laittaa kalenteriin ylös. Ja voi sitä onnea, kun hän huomaa, että kalenteri on niin täysi, että sinne ei taida edes Skypetystä äitimuorin kanssa saada mahtumaan. Silloin hänestä elämä on mallillaan. Jotain tuttua omasta menneisyydestä, mutta ei enää tämän hetken elämää. Ensinnäkin: minusta on mukavaa kun ei ole mitään ennakkoon tiedettävää pakollista tekemistä. Ja toisekseen, mistäpä se kalenteri työttömällä täyttyisi. Ellei sitten ala kirjoittamaan joka päivälle työtön. Ja jos töihin kysyttäisiin, niin vastaisi, että ei käy. Kalenterissa näyttää olevan se päivä varattu.

Eläkeläinen on nyt nuhassa (jonkinlaisen miesflunssan jalostettu muoto). Koska kyseessä on sairastuminen, ei liikaa auta rehkiä. Emme ole siis eilen emmekä tänään tehneet normaalia aamulenkkeilyä yhdessä. Mistä olen ollut suunnattoman kiitollinen, sillä tiet ovat silkkaa jäätä ja viides kerta kaatumiselle tänä talvena olisi liikaa. Olen siis Omaishoitaja tukenani käynyt eilen ja tänään kävelemässä peltojen ja jäiden kautta met-

sässä. Tosin en ymmärrä mitä hyötyä Omaishoitajasta minulle on tämän kävellessä kolmesataa metriä edellä. Karhunpelotin? Mutta metsässä kävely on tähän vuodenaikaan maaston takia mukavaa: vähän lunta ja ei yhtään jäätä. Turvallinen kompurajalkatammallekin.

Viime viikolla saapuivat joutsenet. Samat tyypit, jotka joka vuosi pesivät viereisellä lammella. Jos kaupungissa tietää kevään tulevan siitä, että hiekka pölisee ja hengitys salpaantuu, niin täällä korvessa sen tietää siitä, että akankin ääni on hiljainen joutsenten molotukseen verrattuna. Mutta silti - on se niiden ääni kauhean kaunis ja hirveän ihana.

*T*yöttömänä 91 päivää.

Tänään kannattaa olla varovainen eikä uskoa ihan kaikkea mitä sinulle sanotaan. Ja muutoinkin kannattaa yleensä miettiä mitä tekee ennen kuin tekee. Tästä esimerkkinä Viranomainen. Oli keksinyt eilen opiskelijakavereilleen hyvän jäynän: ilmoitti, että kaikkien odottamalle kurssille ilmoittautuminen on jo ohi ja kyseisestä kurssista on odotettavissa täysi 0, jos ei ole sitä suorittanut. Oli kuulemma moodlesta sen lukenut. Sitten oli laittanut viestin koko porukalle itsekseen naureskellen. Parin minuutin kuluttua oli tajunnut, että eihän tänään olekaan aprillipäivä vaan se on vasta huomenna. Palautetta oli tullut. Eniten viranomaista harmitti, että kerrankin hyvä pila ja hukkaan meni kun laittoi vääränä päivänä. Ehdotimme, että kun kerran oli hyvän aprillipilan keksinyt, niin jakaa sen nyt oikeana päivänä uudelleen samalle porukalle. Ainahan saattaa joukossa olla yksi hämäläinen.

Valantehnytkin saapui viikonloppulomalle. Oli ollut viime viikolla harjoitusleirillä. Valantehneen kertomuksia kuunnellessa täytyy yhä enemmän toivoa, ettei sota syttyisi. Jos syttyisi, niin kusessa oltaisiin. Ainakin jos se joukko, joka Valantehneen kanssa oli työskennellyt, olisi silloin vuorossa. Rauhassa saisi henkensä heittää. Kotiin lähtiessään valantehnyt oli kasarmin läpi kävellessään tuumannut, että kyllä hän nyt on nohevan oloinen, kun jokainen vastaantulija veti kättään lippaan. Yritti vähän viittoilla, että ei sitä nyt tarvitse niin kohteliasta olla, ihan tavallinen Valantehnyt hän on. Vähän ennen portista ulos menoaan oli kääntynyt hieman - kapteeni asteli perässä.

Ennen poistumistaan oli hakenut kuuluisia sotkun munkkeja tuliaisiksi. Oli sitten yhteen pussiin pakannut vaaleanpunaisia sokerikuorrutteisia, yhteen ruskeita suklaakuorrutteisia munkkeja ja vielä perinteisiä reikämunkkeja yhteen. Siinä vaiheessa kun taiteili kolmen pussin kanssa toistakymmentä munkkia per pussi, huomasi takanaan vuoroaan odottavan sotilaspastorin, joka totesi: "Matkaevästä?"

Eläkeläisen flunssa osoittaa lieventymistä. Se on hyvä juttu, aamuretkeily jatkuu taas perinteisellä tavalla. Tänä viikonloppuna perijättäret ovat hetken aikaa kaikki koolla. Eläkeläinen on varautunut tähän: hirvipaisti odottaa syöjiään.

Työttömänä 94 päivää.

Tänään on nähty ensimmäinen peippo. Sananlaskun mukaan puoli kuuta peipposesta. Eli kesä tulee...

Tänään on nähty myös kyyhkyjä ja kurkia. Kesä tulossa... Lämmintä yli 8 astetta. Pihasta kaadettu vanha mänty. Tämä kirkkaus. No, jos vähän välillä tulee vettä tai räntää, se kuuluu kevään tulemiseen. Keikkuen. Vähän niinkuin tämä minun työnhaku.

Sain tänään puhelun. Olen päässyt yhdessä hakemisessa vaiheeseen kaksi. Eli nettitesti ja ensimmäinen yhteydenotto puhelimitse. Ja mitä tekemään. Ei tietoa. Tämä on mielenkiintoisin työnhakukokemus ikinä. Ikäänkuin olisin agentti, joka on mukana jossain erittäin salaisessa tehtävässä. Ja minä olen Maxell Smart, salainen agentti 86. Minulla ei jää nenä hissin väliin, vaan minä olen se Smart, joka liukastuu jatkuvasti kun astuu ovesta ulos.

Tosin, nyt kun mahdollinen työnantaja alkaa tarkemmin tutkia hakemustani, hän huomaa yhden merkittävän asian: tämä työnhakija on yli 50-vuotias. Joten siinä tämän haun seuraava vaihe. Ei ole.

Palaan siis ruotuun ja otan haravan käteen. Sohjon keskellä on näkyvissä metri kertaa metri ala, jota voin mennä jo rapsuttelemaan. Mikäli pääsen niin pitkälle kaatumatta.

Valantehnyt oli kahden päivän marssilla. Tänään palasi kasarmille ryhmässä, joka selvisi kolmantena maaliin. Aikoi saunoa, jotta saa lihakset kuntoon. Sisua oli marssiessa. Eläkeläinen laittoi viestiä jälkeläiselleen: Sanassa lämmittelyn jälkeen... Kysyin Eläkeläiseltä, että Raamattuako kehottaa lukemaan. Sauna voisi olla tehokkaampi.

Valantehneen junamatkoilla on kuulemma ollut hyvä tarjoilu. Joka kerta joku matkustaja olisi tarjonnut pullostaan hömpsyt. Eläkeläinen on kuunnellut tätä kateellisena: ei vaan hänen armeija-aikana.

Sitten alkoi taas tulla sattumia kerrakseen:

Tiistaina 13.5. eläkeläinen leikkasi leipäveitsellä sormenpään halki: muutama tikki ja olipa se kamalaa.

Torstaina 15.5. peruutin peräkärryn auton kupeeseen: auton kylki sisällä ja olipa se kamalaa.

Perjantaina 16.5. lähdimme astuttamaan ajokoira Typyä Laukaalle. Tosin vähän ennen lähtöä Laukaan suuntaan meille paljastui, että koiratalon isäntä oli kuollut kuluvan viikon tiistaina sydänkohtaukseen. Kaiken lisäksi Typyn juoksu oli ohi eikä Typy pitänyt sulhasesta lainkaan, joten matkamme epäonnistui siltä osin. Varasimme kuitenkin yhden pennun koska talossa oli kaksi pentuetta, joiden luovutusikä olisi kesäkuussa.

Lauantaina 17.5.vietimme rauhallisen päivän käymällä taimitarhalla katsomassa mitä mukavaa voisimme uuteen kasvimaahan ja puutarhaan istuttaa. Ja Valantehnyttä väsytti jälleen. Ja jalkaankin koski. Ja me taas kannustimme: "Älä aina valita." Sunnuntaina 18.5. Valantehneen jalkaan särki yhä. Koska tyttö hyppeli yhdellä jalalla, ajattelimme, että käymme nyt "huvin vuoksi" sairaalan päivystyksessä, vaikka niinhän nuo kuitenkin sanovat: "Tulkaa huomenna omalääkärin vastaanotolle." Päivystyksessä oli nuorehko mieslääkäri, joka katsoi Valantehneen jalkaa ja laittoi tämän verikokeisiin.

Tunnin kuluttua saimme vastauksen, että meidän täytyisi mennä Mikkeliin, jossa lastenlääkäri odottaa meitä. Lähdimme tyhminä ja pelottomina matkaan: Mikähän ihme Valantehnyttä vaivaa? Mikkelissä lastenlääkäri sanoi, että Valantehneellä on erittäin suurella todennäköisyydellä leukemia eli verisyöpä. Ja me saimme valita: lähdemmekö heti Kuopioon, jossa hoidot tapahtuvat vai jäämmekö pariksi päiväksi Mikkeliin. Me lähdimme Kuopioon. Veimme kolme vanhinta lasta mummolaan ja jatkoimme matkaa Kuopion yliopistolliseen sairaalaan.

Olin jo pidempään vaistonnut ettei kaikki ole hyvin. Sisareni sanoo niitä etiäisiksi. Olin syynännyt Valantehnyttä ja löytänyt toisen korvalehden takaa luomen, jota aiemmin en ollut havainnut (luomi muuten osoittautui Valantehneen ikäisellä harvinaiseksi rasvasyyläksi. Ihotautilääkäri totesi myöhemmin, että luomen ilmestymisellä voi olla (erittäin suurella VOI sanalla) ollut yhteyttä puhjenneeseen leukemiaan.)

Syy ahdistukseeni oli löytynyt. Samalla kun tiesin miksi olin ollut huolissani Valantehneen takia, tunsin myös suurta varmuutta, että pelottava sairaus nimeltään verisyöpä hoidetaan. Parannetaan. Sain myönteisiä etiäisiä.

Sunnuntai-iltana kahdeksan aikaan saavuimme Kuopioon. Asiat vain tapahtuivat. Olimme kuin Liisat Ihmemaassa: meille esittäytyi lastenhoitajia, sairaanhoitajia... Paljon uusia kasvoja ja nimiä ja me kättelimme ja nyökyttelimme. Järkytyksestään ja hämmennyksestään huolimatta ihminen osaa käyttäytyä: Osaa sanoa nimensä ja miksi on missä on. Samalla kuitenkin aivot höpisevät: Mitä nyt? Mitä nyt?

Sunnuntai-maanantai välisen yön saimme yöpyä Valantehneen kanssa samassa sairaalahuoneessa. Maanantaina Eläkeläinen lähti hakemaan muut perijättäret mummolasta kotiin ja minä jäin Valantehneen luo. Tiistain luuydinpunktiossa varmistui Valantehneen akuutti lymfaattinen leukemia ja hoidot alkoivat. Vaihdoimme Eläkeläisen kanssa vuoroja sairaalan ja kodin välillä parin päivän välein. Muut lapset kävivät koulua normaaliin tapaan ja me päivitimme pikaisesti kohdatessa mitä yrttejä kasvimaahan olimme piilottaneet, onko pyykit pesty, mitä jääkaapista pitää tyhjentää ja onko likakaivomies tilattu. Eläkeläinen kertoi onnessaan, että mansikkamaa on tehty. Viikonloput olimme koko perhe Kuopiossa Valantehneen luona. Sairaalan lähellä oli syöpäsäätiön ylläpitämä soluasunto, jossa perheenjäsenet saivat yöpyä ilmaiseksi. Terveet perittäjäret olivat innoissaan: ollaan lähes hotellissa.

Ensimmäisen viikon aikana Valantehnyt kysyi:

- Kuolenko minä tähän?

- Et kuole, sillä tähän sairauteen on kyllä hoito. Se ei aina tunnu mukavalta, mutta jos haluaa parantua, täytyy kestää ikäviäkin asioita välillä.

Valantehnyt miettii hetken.

- Selvä, minä aion parantua.

Sen jälkeen asiaa ei ole tarvinnut miettiä. Valantehnyt on lujatahtoinen ja päättäväinen tyttö.

Kesäkuun 4. Päivä liput oli nostettu salkoon joka puolella Suo- mea. Sanoimme Valantehneelle, että sen takia liputettiin kun hän pääsi ensimmäistä kertaa sairauden toteamisen jälkeen kotiin. Edelleenkin kyseisenä päivänä nostetaan liput salkoon Valantehneen kunniaksi.

Valantehneen sairaus on nimeltään akuutti lymfaattinen leukemia. Käytän usein ulkopuolisille puhuessani siitä nimeä verisyöpä. Teen sen tarkoituksella, sillä sairaalassa ollessani kuulin pojasta, joka oli sairastunut verisyöpään. Sairaalassa ja kotona kaikki puhuivat leukemiasta, kunnes tuli sukulainen kylään todeten: "On se kamalaa, että sinulla on tuo syöpä." Jolloin poika hämmästyneenä totesi: "Ei minulla ole mitään syöpää, minulla on leukemia."

Pääsemme ensimmäisen sairaalajakson jälkeen kotiin ja liput hulmuavat. Meidän on hoidettava asioita Kelassa ja jätämme vanhemmat sisaret autoon ja opastamme, että mikäli Valantehneellä on jotain ongelmaa, niin tulevat Kelan toimistoon sisälle ilmoittamaan meille.

Vuorolappunumeromme ilmoittama aika koittaa ja pääsemme asiakasneuvojan eteen selvittelemään ongelmiamme. Samassa Omaishoitaja tulee paikalle ja kuiskaa: Valantehneellä on kova pissahätä.

Hypähdän pystyyn ja kysyn asiakasneuvojalta, missä olisi yleisö-wc. Sanon myös hätääntyneenä, että autossamme on erittäin sairas lapsi, joka ei saa joutua tekemisiin minkään tautia kantavan henkilön kanssa. Hyvä että en pyydä tyhjentämään koko odotustilaa ja desinfioimaan sitä ennenkuin Eläkeläinen saapuu paikalle kantaen Valantehnyttä piilotettuna kainaloonsa. Älä vain hengitä tätä saastunutta ilmaa!

Asiakasneuvoja hyppää paikaltaan pystyyn ja huitoo suuntaa etuvasemmalle: Tuonne päin! Tuonne päin!

Olemme molemmat erittäin tehokkaita ja jälkeenpäin ajatellen äärimmäisen huvittavia. Pelkoni oli tarttunut. Vaikka lääkäri olikin sanonut, että jatkakaa normaalia elämää.

Jatkossa toimimme ilman turhaa paniikkia.

Työttömänä 95 päivää.

Eläkeläisen kanssa lenkkeillessä pohdin, että tänään on melko tyyni ilma, koivunkaatoa ajatellen oikein hyvä. Ja terijoensalavista latva olisi nyt hyvä pätkäistä. Eläkeläinen oli samaa mieltä. Kotiin tultua etsi pilkkihaalarit ja sanoi, että lähteekin tänään pilkille kun ei sada.

Omaishoitaja kysyi, että olinko jo saanut Eläkeläisen työlistan täytettyä, kun lähti pilkille. Kuinka niin, tohdin epäillä. Nyt on myös Omaishoitaja sujahtanut uuteen harjoitteluun, Sairaanhoitaja vajonnut nettitenttiin ja jo muutaman päivän ideoimani huushollivalssi voi alkaa. Kyseessä on siis huonekalujen siirtely pisteestä A pisteeseen C, jolloin pisteessä B oleva esine joutuu ehkä siirretyksi kokonaan toiseen tilaan, jolloin kyseisessä tilassa joudutaan taas uudelleen sijoittamaan sinne kerääntyneet esineet. Mukavaa ja päätä puhdistavaa, vaikka monesta se vaikuttaa juuri päinvastaiselta. Sen jälkeen voi tehdä pikaisen imuroinnin ja lattian pyyhkimisen. Jos jaksaa. Kaikki näyttää kuitenkin erilaiselta.

Huonekaluvalssi tehty. Sairaanhoitaja oli kommentaattorina. Mielestäni huonoja kommentteja. Viimeinen oli mielestäni paras: saahan sitä siirtää ne huomenna vaikka uudelleen. Hyvä kommentti.

Eläkeläinen saapui pienimuotoisen kaaoksen ollessa edelleen päällä. Katsoi hetken ympärilleen kuin miettien, lähteäkö vai jäädä. Päätti jäädä. Kommentoi. En noteeranut. Keitettiin kahvit ja haukuttiin hallitusta. Järjestys on mielestäni hyvä. Olen viisas enkä pyydä eläkeläisen kommenttia. Parin päivän päästä kun taas teen huonekaluvalssia, nykyinen järjestys on parempi kun se, mitä olen suunnitellut. Niin ne mielipiteet muuttuvat. Paitsi hallituksesta.

Työttömänä 106 päivää.

Kun ei ole muuta tekemistä, niin kaivelee vanhoja. Niin tein viime viikolla. Hankin usb-liitännällä toimivan korppuaseman saadakseni selville, mitä vanhoissa tiedontallennuslevykkeissä on.

Esimerkkinä päiväkirjamerkintä lokakuulta 2004. Tilanteessa, jossa Omaishoitaja, Viranomainen ja Sairaanhoitaja ovat luokilla 4,3 ja 1. Valantehnyt käy esikoulua kunnon salliessa.

"Torstaina, siis eilen, olin taas oikea ihanne äiti. Positiivinen asenne. Hymy herkässä. Pitkä pinna. Omaishoitaja ja Viranomainen tulivat innoissaan kotiin. Varsinkin Omaishoitaja esitteli onnessaan: "Katso äiti, me aiotaan myydä mausteita."

Ja silloin:

P j o n k! P j o N K ! A A A A A Ä Ä Ä Ä Ä R R R R R

R R! ! ! ! ! !

Raivotar oli tullut kylään. Eli saarna jälkeläisille ensinnä koulun järjestämästä typerästä pakkomyynnistä, vielä typerimmistä opettajista tai ketä siellä koulussa onkaan, olemisesta jonkun firman hyväksikäyttämänä myyjänä ja tekemällä firmalle rahaa ja itse saa vaan muutaman ropon, typeryydestä koko touhua kohtaan, meidän vieraita ei ainakaan ahdistella myymällä jotain jonninjoutavaa maustetta, ja mitä laatua ne ovat ja niin sairaanisoja purkkeja että ja vielä maksaa maltaita jolloin pääsen seuraavaan teemaan sujuvasti minä en ainakaan osta eikä Eläkeläinen, ne maksaa ihan kauheasti, kuinka kauan joudun tekemään yhden mausteen eteen töitä ja jos edellytys on ettei pääse luokkaretkelle jollei ole myynyt niin minä otan teidät pois koko koulusta ja se on sitten väärin että ne joilla on tuttuja joille lapset voi myydä, meillä ei ole naapureita ja sukua ei rasiteta... Tässä vaiheessa Omaishoitaja itkee, ettei hän ainakaan aio myydä yhtään maustetta ja hän ei lähde koko luokkaretkelle. Ja Viranomainen sanoo, että kiitos vaan, nyt me ei sitten päästä luokkaretkelle kun meillä ei ole rahaa. Sairaanhoitaja toteaa, että hän ei ole aikonutkaan myydä mitään ja että hän rakastaa äitiä ja niin olen taas saanut täydellisen kaaoksen aikaan.

Homma rauhoittuu. Pyydän anteeksi. Pyydän todella sydämestäni anteeksi kun huusin asiasta, josta he olivat niin innoissaan. Tällöin Viranomainen toteaa, että he eivät sitten pääse luokkaretkelle, koska eivät kerää rahaa myymällä mausteita. Jolloin olen aloittamassa samaa saarnaa alusta. Viranomainen toteaa, että hei, älä viitsi. Taas.

Olen hiljaa. Mutta kaiken uhallakin sanon Viranomaiselle, että lopettaa jankuttamisen siitä, etteivät he pääse luokkaretkelle jos eivät myy mausteita. Sanon, että jos he yrittävät myydä ja kukaan ei osta, niin he ovat silloin tehneet osuutensa. Ei ketään voi pakottaa ostamaan. Ja näin ollen he ovat tehneet osuutensa: yrittäneet myydä.

Viranomainen toteaa, että eli siis he eivät pääse luokkaret-kelle. Syvä huokaus.

Eläkeläinen tulee kotiin.

Oikein onnellinen. On käynyt kyselemässä renkaiden hinto-ja. Mutta nyt on epäselväksi jäänyt oliko hinta renkaat alla vai ei. Minun pitäisi nyt soittaa ja kysyä. Kieltäydyn. Menen ottamaan pannarin pois uunista. Rauha on palannut pirttiin. Ainakin hetkeksi. Seuraavana päivänä Omaishoitaja soittaa kotimatkalta. Ovat menossa myymään Sairaanhoitajan kans-sa mausteita naapuriin. Viranomainen on kaverin luona ky-lässä. Naapuri ostaa purkin kanelia ja maustepippuria. Aina-han mausteita tarvitaan, toteaa.

Eläkeläiselle kauppaavat vielä maustepippuriannoksen. Nyt on 6 euroa luokkaretkitilillä."

Luokkaretki muuten tehtiin. Viranomaisen kovin juttu oli, että olivat ostaneet pilailukaupasta tupakkaa. Oli kuulemma herättänyt kovasti pahennusta kun olivat pölläytelleet peru-najauhoja kirkon portailla. Sille luokkaretkelle muuten osal-listuivat kaikki. Pienen kyläkoulun etu: kaikki lähtee, oli sitten kaupparatsu tai ei.

T
yöttömänä 107 päivää.

Satavuotispäivät työttömänä koettu. Kolottaa. Ahdistaa. Onko se elämä tässä.

Onneksi on vanhoja tarinoita, joita voi tarjota lohduksi it-selleen ja lukijoille. Jos esivanhemmat ovat selvinneet sodas-ta, pulavuosista ja käsittelemättömistä traumoista, kannattaa pitää mölyt mahassa ja ottaa ohjeeksi positiiviseen elämään esim. herra X:n tarina. Eli tämä tarina on tosi ja sen kertoi yli 12 vuotta sitten herra X itse. Joten antakaamme puheenvuoro herra X:lle, joka oli silloin noin 45-vuotias, perusterve mies.

"Olen aktiivinen harrastajateatterilainen. Viime marraskuussa olen Imatralla esiintymässä ja hyppään lavalle. Mutta samantien unohdan kaiken. En tiedä mikä on, mutta en vain muista mitä minun piti sanoa. Muutaman päivän kuluttua olen harjoituksissa omalla paikkakunnalla kun kupsahdan tajuttomaksi. Seuraavan kerran oivallan jotain maailmasta Mikkelin keskussairaalassa. Lääkärit pohtivat, mikä minua vaivaa, mutta itse olen sitä mieltä, että eihän se muuta ole kuin stressiä. Lääkärit ovat eri mieltä. Pää kuvataan ja sieltä löytyy lapsen nyrkin kokoinen kasvain takaraivosta. Minut leikataan (hyvä peruskunto auttaa), ja kasvaimen aiheuttama vaiva häviää. Mutta tarinani ei pääty tähän. Seuraa aivokalvontulehdus, josta selviän kuitenkin edelleen hyvän peruskunnon takia. Mutta eikö mitä, seuraavaksi saan aivoinfarktin ja päähäni asennetaan suntti aivopaineen tasaamiseksi. Seuraavaksi suntti tukkeutuu ja minut lennätetään Kuopioon helikopterilla uuden suntin asennusta varten. Selviän. Vasen puoli halvaantuu, mutta se ei kuntoutumista haittaa. Pikku hiljaa vasen puoli alkaa toimia. Tosin unohtui sanoa, että suntin vaihdossa kunto on jo vähän heikentynyt ja sydän pysähtyy. Näen valkopukuisia ihmisiä jonottamassa lentoterminaalissa kirkkaassa valossa, mutta pääsyni koneeseen evätään. Minulla ei ole tarpeeksi leimoja viisumissa. Joten palaan takaisin elämään ja lääkärit sanovat:" Tervetuloa, sydänkäyränne näyttikin jo jonkin aikaa pelkää viivaa."

Mutta jotta homma ei olisi vielä täysin ohi, niin eräänä yönä näen sairaalassa unta, jossa olen rodeoratsastaja. Aamulla herään siihen, että makaan lattialla lonkkaluu kolmesta kohtaan murtuneena."

Niin se usein on moni asia. Asennekysymys. Hiiteen kolotukset ja itsesäälit, henki kulkee ja harava pysyy hanskassa. Menen jatkamaan pihan siivousta.

Työttömänä 110 päivää.

Aamun ulkoilulenkki on tehty. Mukana myös Omaishoitajan lemmikit, joten kolmen kaverin kanssa meinasi mennä hihnat ristiin. Ihan fyysisesti ristiin. Varsinkin kun nuorin jannu luulee, että hänen kuuluu taluttaa joko itseään tai muita. Osan matkaa annoinkin hänen taluttaa itseään. Tuli aivan vuosien takaisia muistoja mieleen, kun Omaishoitaja, Viranomainen, Sairaanhoitaja ja Valantehnyt olivat kävelemässä. Kotikunnailla saivat viuhtoa mihin halusivat, mutta Isolla Kirkolla piti kävellä perätysten. Ja mihinkään ei saanut kaupassa koskea. Jos Omaishoitajalla on siis ollut lapsuudessa kuri, niin antaa omille huollettavilleen vapaan kasvatuksen. Myös lemmikeille. Tosin ei pidä ihan paikkaansa, hyvin on onnistunut saamaan näihinkin luupäihin vähän älyä. Joka tosin unohtuu, kun ovat minulla hoidossa.

Eläkeläisellä oli talutettavanaan vain yksi koira. Tässä sen huomaa kuinka paljon enempään yksi nainen pystyy kuin yksi mies. Mutta senhän naispuoliset lukijat jo tietävätkin. Ja miespuoliset lukijat voivat vain nyökyttää. Varsinkin jos se emäntä on siinä vieressä.

Feminismi sikseen, osaa Eläkeläinen kuitenkin minua paremmin pilkkoa puita tai hitsata kestävämpää saumaa. Arvostan osaamista molemmissa lajeissa. Myös auton korjaus onnistuu Eläkeläiseltä. Kuten tässä pari päivää sitten. Autossa oli jokin ongelma. Piti tiettyä ääntä kun ajeltiin kuoppaista tietä. Ja sitä tällä seudulla riittää - kilometreittäin. Eläkeläinen löysi oletetun vian ja toissapäivänä haki kumin iskunvaimentimen yläosaan. Eilen sitten purki autoa niin paljon että oletettu rikkinäinen osa löytyi. Ei ollut rikki. Oli vika viereisessä laakerissa. Ei muuta kuin auto taas kasaan ja uutta varaosaa hakemaan. Ja nyt on taas auto entistä ehompi. Kiitos Eläkeläisen. Ihmemies. Enemmän kuin Mac Gyver.

Kaikkien autohuoltojen ja korjausten ohella on saatu myös terijoensalavat katkaistua. Nyt jännitetään tulevana kesänä, lähtevätkö kasvuun vai saadaanko kaivaa loputkin puista pois.

Työttömän pitäisi olla syvästi ahdistunut, kun töitä ei ole saanut. Mitä vielä! Nämä päivät työttömänä vilahtavat ohi työntäytteisinä. Ja loppumattomasti odottavia töitä löytyy kun vähänkin jotain kulmaa kääntää pihassa tai sisällä aukaisee siivousta odottavia komeroita. Mutta työttömänä osaa myös arvostaa sitä, että asioita voi tehdä ja toteuttaa myös ilman pennin latia. Täällä ei tarvitse olla aukaisemassa lompakkoa kun haluaa rapsuttaa pihamaata tai vaihtaa kukkapenkin paikkaa. Kävelylenkit vievät liian aikaisin heränneiden perhosten ohi ja kurkien kosiomenoja voi ihailla pellonlaidalla, joutsenten äänekästä perheasioiden hoitamista saa kuunnella läheiseltä lammelta. Tuoksutella voi joko ihan aitoa maanviljelijöiden kevättä tai sitten vieläkin aidompaa kevätaamua, jolloin tuoksuu suo, vesi ja pelto. Paikkaa vaihtamalla saa erilaisia aromeja nenäänsä. Itsestäni vihreän pellon tuoksu on tällä hetkellä ehdottomasti paras, tuoksu joka tuo eniten mieleen kesän.

Valantehnyt on tällä hetkellä viettämässä leirielämää. On päässyt päivystäjäksi kenttäsairaalaan kun oma jalka on varpaita myöten turvoksissa. Olen nyt vahvasti huolissani valtion taloudesta, kun yhtä jalkaa ei ole saatu kuvattua kolmeen viikkoon. Ilmeisesti puolustusvoimien rahat ovat nyt ihan loppu. Tai sitten puolustusvoimat ovat päättäneet uskoa ihmeparannuksen voimaan.

Valantehneen sairaudesta huolimatta arkemme jatkui. Lapset kiukuttelivat ja tappelivat keskenään niin kuin ennenkin ja minusta ei tullut pyhimysäitiä. Eläkeläinenkin osasi suuttua tarvittaessa. Osasimme myös nauraa ja iloita. Ainut ero oli se, että Valantehneellä oli laskimokatetri eikä hän voinut uida eikä saunoa. Ja lisäksi se, että kävimme viikottain Kuopiossa. Välillä olimme vain päivän, toisinaan neljä tai viisi päivää sairaalan.

Koska oli kesäloma, Kuopiossa oli matkassa koko lapsikatras. Sairaalasta tuli tuttu ympäristö heille kaikille ja leikit jatkuivat välillä kotonakin: jos laittoi silmät kiinni ja kuunteli, saattoi kuvi- tella olevansa sairaalassa, niin hyvin lapset oppivat matkimaan hoitajia. näiden tapoja ja ääniä äänensävyjä myöten.

- Piip.

- Niin? Tässä Pauliina.

- Pissi tuli.

- No hyvä... Minä tulen.

Samana keväänä ilmestyi ajokoira Typyn rintaan iso patti. Aluksi sitä hoidettiin käärmeenpistona antibioottikuurilla, mutta pahkura vain kasvoi. Lopulta se oli suuren kaalin kokoinen. Typyllä oli kasvain, jota ei saatu poistettua. Jälleen jouduimme jättämään hyvästit yhdelle ystävällemme.

Kesäkuussa soitti ajokoirankasvattaja Laukaalta ja ilmoitti että Eläkeläisen keväällä varaama koira olisi nyt luovutusiässä. Joten kaiken tapahtuman keskelle kävimme hakemassa ajokoirapojan, Oton. Siitä tuli Valantehneen koira.

Valantehneen sairauden myötä jouduimme myös rakennus- töihin. Laskimokatetri vaati päivittäistä suihkuttelua ja koska meillä ei ollut muuta kuin ulkosauna, jouduimme rakentamaan suihkun sisälle. Entisen WC:n paikalle päätettiin tehdä suihkuhuone ja käytävä suljettiin ja siihen tehtiin vessa. Kasvimaa kukoisti omia aikojaan, Eläkeläinen rakensi suihkuhuonetta ja wc:tä, hoiti hevosen, toisen koirista ja kissan. Me olimme lasten ja Oton kanssa evakossa sisareni luona. Se oli sen kesän kesälomamatka. Asuimme asuntovaunussa, uimakelpoiset lapset saivat pulahtaa päivittäin järveen, ruuanlaitto ja ruoka maistui aivan toiselta kuin kotioloissa (mukana oli useita kokkeja) ja seura oli parasta mahdollista. Kaiken kaikkiaan me kaikki nautimme kesästä Valantehneen sairaudesta ja kodin remontoinnista huolimatta.

Otto-koira, joka oli kanssamme kesälomamatkalla sisareni taloudessa, oli päivät vapaana pihassa. Ihmettelin, mihin Otto aina aamusella hävisi vähäksi aikaan. Tultuamme kotiin sisareni soitti kertoakseen, että asuntovaunun takaa oli tullut lähtömme jälkeisenä aamuna jäniksenpoika esille. Se oli aivan kuin hakenut jotain. Liekö ollut Oton kesäkaveri, joka ihmetteli mihin Otto oli lähtenyt.

Perijättäret ovat aina olleet erittäin toimintakykyisiä ja sanavalmiita. Jos joku asia täytyy hoitaa, voi olla varma, että lapset kyllä muistuttavat ja tekevät asian tarvittaessa itse. Likakaivontyhjennys oli tilattu ja asiasta oli myös lapsille mainittu. Siispä eräänä päivänä kun kumpikaan meistä vanhemmista ei ollut kotosalla, tuli loka-auto. Tällöin Sairaanhoitaja soittaa Eläkeläiselle: "Isä, nyt se paskaukko tuli. Eikä meillä oo rahaa."

Työttömänä 111 päivää.

Jos sitä joku ihmettelee työttömän elämää, niin kannattaisi pa- neutua kissan elämään. Ainakin tavallisen kotikissan. Kuten nyt tämän talouden vanhimman kollin, Pertunmaalta saapuneen Prinssi Oliverin. Kaveri on saanut kokea miehuuden menetyksen, mutta siitä huolimatta joka kevät ottaa hatkat. Vähintään kerran kesässä lähtee maailmalle viikoksi, juuri sen verran aikaa on poissa paikalta, että huoli kotiväellä alkaa kaihertaa. Sitä kun näkee jo sielunsa silmin ketun ja kissan kohtaamisen, kissan ja ilveksen kohtaamisen, auton ja kissan kohtaamisen ja on ehtinyt ilmoittaa naapurille, että jos satutte näkemään sitä meidän vanhinta teidän nurkissa (siis kissaa, ei tytärtä), niin soitelkaa. Ja kun sen on tehnyt, niin kissa saapuu kotiin. Yleensä aamuyön tunteina kun Eläkeläinen on ulkoiluttamassa ajokkiaan, kissa odottaa rappusilla ja tulee sisään. Ja määrätietoisesti hyppää uunin päälle katsomaan, onko juhla-ateria katettu. Tuhlaajapoika saapui kotiin. Kuuden aikaan aamusella viimeistään kuuluu venytettyä vokaalia, että missä se aa-aaa-amu-pala oikein viipyy. Herkkäuninen ei nuku, niin pahalta kuulostaa. Joten nousen ylös ja annan kulkurille eväs-

tä. Kaksi kotona viihtyvää kollia eivät ole lainkaan pahoillaan aikaisesta ajankohdasta. Kahta eivät vaihtaisi: toinen on ruoka ja toinen on - ruoka.

Tuhlaajapoika ei ole koskaan reissultaan palattuaan rähjäinen eikä huonosti eläneen näköinen. On kuin rantalomalta palaisi. Kysymykseksi jääkin: Missä kolli luuraa?

Nyt kun näitä kaupunkikäyntejä on ollut melkein päivittäin, niin se ei tarkoita, että niille reissuille lähdettäisiin kahdelleen Eläkeläisen kanssa. Matkaan lähtevät myös Omaishoitajan kaksi ja Eläkeläisen yksi lemmikki. Jokainen tietää autossa jo paikkansa: Perämies ja Jannu menevät samaan häkkiin takaosaan. Jannu valtaa suurimman tilan kun on pienempi ja Perämies on niska kenossa kun tarkkailee takaa tulevaa liikennettä. Musta Murjaani (ei rasismia, ihan tiernapoikia) istuu yksin takapenkillä - iso ego. Siinä sitten mennään kaupasta toiseen ja pojat istuvat paikoillaan tarkastellen ison Kirkon menoja.

Yhtenä päivänä eläkeläinen tapasi parkkipaikalla entisen työkaverin, joka kyseli mitä mies puuhaa. Katsoi vielä autoon sisälle ja kysyi, mitä miehellä matkassa. Siihen eläkeläinen totesi yksiselitteisesti: "Kennel mukana."

Jäi hieman epäselväksi minulle, mikä osa kennelissä minulla on. Hau-hau?

Työttömänä 114 päivää.

Nyt on käyty Eläkeläisen kanssa tarkistamassa Lappeenrannan asuntotilanne entisen Rauhan sairaalan mailla. Vuonna 2011 olimme paikalla ensimmäisen kerran ja ihmettelimme, kun peltomaalle nousi venäläisten rakentamia asumuksia vieri viereen. Jokainen tehty omalla maulla, ja makuja oli monia: latomainen vaja, jossa yksi ikkuna. Vieressä lasilinna, jossa ei yhtään tavallista seinää. Tämän naapurina perustalo ilman yhtään kommervinkkiä. Seuraavana kivilinnoitus, jonka

*vieressä tornilla varustettu rakennus... Jokaiselle jotakin: oma-
kotitalo, paritalo, rivitalo... Hotelliin majoittuessa olisi pitänyt
osata venäjää. Niin sitä oli turistina vailla kielitaitoa omassa
maassaan.*

*Kului pari vuotta ja vierailimme paikalla uudelleen. Raken-
nuksia oli tullut lisää, mutta ei samalla kiihkolla. Pihoissa ole-
vat autot olivat edelleen Venäjän rekisterissä, lomakeskusta
rakennettiin ja kehitettiin edelleen, ostoskeskus oli jo suunnit-
teilla.*

*Nyt oli tilanne toinen. Vain parissa autossa oli venäläinen
rekisterikilpi, muut olivat ihan näitä kotimaisia kärryjä. Raken-
nuksia oli tarjolla myytäväksi tai vuokrattavaksi ja kolme taloa
olisi voi- nut vaikka rakentaa itse: valu oli tehty joitakin vuosia
sitten, joten ensin olisi pitänyt kiskoa männyntaimet pois kehi-
kon keskeltä. Ei ollut tungosta raitilla ja suomenkielellä pärjäsi
erinomaisesti.*

*Ei ollut enää idän eksotiikkaa. Mielenkiinnolla seuraan miten
jatkossa käy. Eläkeläisen mielestä hotellissa oli menty huonoon
suuntaan. Ruokailussa nimittäin. Ei ollut enää kuin kahta lajia
lounaalla: keitto tai lihapullat. Eläkeläinen päätyi lihapulliin.
Olivat sentään kermakastikkeessa.*

*Mutta arpaonnea sain matkalla kokea. Viikonloppua samaan
kylpylään olivat tulleet viettämään myös Lappeenrannan kris-
tityt eläkeläiset. Vaikka emme kuuluneet tähän joukkoon Elä-
keläisestäni huolimatta, niin heidän arpajaisiin osallistuin. Oli
siinä vähän maailmanmatkaajan oloa kun kotiin saapui tu-
liaisinaan maustekakku ja kristallimalja.*

Kuopiosta ja varsinkin sairaalan kymmenennestä kerrok-
sesta tuli tuttu paikka meille. Kerroksessa kymmenen si-
jaitsee lasten veri- ja syöpätautien osasto. Ihmisestä, joka ei
koskaan ole käy- nyt ko. osastolla, saattaa olla kuva surulli-
sesta ja ahdistuneesta ilmapiiristä, ihmisistä, jotka itkevät ja
kävelevät tuskan katse silmissään.

E-hei.

Vaikka hoidettavat potilaat ovat sairaita, jopa kuoleman-sairaita, niin osastolla on elämäniloa. Niin kauan kuin on vähänkin toivoa ja uskoa hoidon mahdollisuuteen, niin siihen uskotaan ja toivotaan aina parasta. Syöpäsairaus on siitä kiusallinen, että se vaikuttaa pitkälle tulevaisuuteen. Vaikka nyt tauti parannettaisiin, jää pieni ajatuksen- siemen itämään: entä jos se uusii? Siksi syöpäsairaan ja hänen läheistensä on jo alusta pitäen osattava nauttia tästä hetkestä, suunnitella vähän tulevaa ja elää murehtimatta tulevaisuutta turhaan. Muutoin ei jaksa. Jos pelko saa yliotteen, niin silloin on jo menettänyt osan toivostaan.

Kuitenkin, vaikka kuinka toivoisi ja uskoisi ja olisi pelkäämättä, niin joku lapsi aina kuolee syöpään.

Osaston käytävällä on silloin hiljaista. Kenenkään tuskaa ei voi ottaa pois, mutta kuunnella voi. Kaikki tahtovat kaikkien lasten paranevan, sillä kukaan ei halua ajatella kenen vuoro tai aika olisi seuraavana. Mutta kaikki eivät aina parane.

Niiden kuukausien aikana kun Valantehnyt kävi Kuopiossa, saimme uusia tuttavuuksia. Ihmisiä, joiden kanssa edelleen soit- telen ja pidän yhteyttä.

On ALL (akuutti lymfaattinen leukemia) lapset Unelma, Ulpu ja Miia. Näiden äidit Krisse, Hanna ja Jaana. On maksasyöpään sairastunut Niina äitinsä Sarin kanssa. Ihmisiä, joita on kohdannut sama pelko ja hätäännys ja yksi toive: saada lapsi paranemaan. Meitä kaikkia äitejä yhdistää sama asia: lapsen sairaus. On helppo jutella ihmisten kanssa, jotka tietävät miksi silmäsi saattavat kostua ilman kummempaa syytä. Osalla on kotona sairastuneen sisarukset, jotka saavat nyt pärjätä ilman äitia sen aikaan, kun tämä on sairaan luona. Meitä kaikkia vaivaa huono omatunto, koska emme voi jakautua ja olla kahdessa paikassa samaan aikaan. Emme voi hoitaa kotia ja sen töitä silloin kun olemme sairaalassa. Vaikka meistä ei ole hoidollisesti apua sairaalle, me luomme lapsellemme taistelutahtoa ja piristämme tylsyyttä. Jokainen tutkimus ja hoito virittää meidät ottamaan vastaan uutisia. Toivoa, että hoidot auttavat ja pelkoa, että hoidot eivät auta. Valantehneen ollessa ensimmäistä viikkoa hoidettavana, tapasimme Kimmon ja hänen äitinsä Anun. Kesän mittaan kohtasimme myös Kimmon sisarukset sekä isän. Nuori perhe Venäjän ja Suomen rajan läheltä Niiralasta. Perheen isä kertoi paikkakunnan sekaantuneen joskus Kuopion Niiralaan, alueeseen joka on sairaalan vieressä. Perheen ollessa lähdössä kotiin Kuopiosta isä tilasi taksin ja kysyi kuljettajalta, että olisiko lasten turvaistuinta.

- No joo, on meillä tuolla kopilla. Mihis olisi matka?

- Niiralaan.

- Jaa. (Tässä vaiheessa kuljettaja miettii kannattaako hakea keskustan kopilta turvaistuinta (matkaa noin 5 km) jotta asiakas saataisiin Niiralaan (Kuopion Niirala, matkaa alle 2 km)

- Niin, tarkoitan kyllä sitä Wärtsilän lähellä olevaa Niiralaa. (Isä ilmoittaa paikan kun huomaa kuljettajan alkaneen jo epäröidä, ottaako kyytiä lainkaan vastaan).

Huhtikuussa Kimmon perhettä kuitenkin kohtasi se mitä kukaan vanhemmista ei koskaan halua eikä usko kohtaavansa: oman lapsen menettäminen. Kimmon syöpä uusiutui kolmesti, ja lopulta ei mitään enää ollut tehtävissä. Kimmo menehtyi kotonaan Niiralassa huhtikuussa.

Menin kotona paikalliseen kukkakauppaan etsimään adressia, jonka voisin lähettää perheelle. Valantehnyt oli mukana ja kuu- li kun sanoin kukkakauppiaalle, että etsin adressia tai korttia 5-vuotiaan poikansa menettäneille vanhemmille. Koti matkalla Valantehnyt kysyi, että kuka on kuollut.

- Kimmo.

- Kuoliko Kimmo kotonaan?

- Kuoli.

- Oliko Kimmolla oma huone?

- En tiedä. Kyllä varmaan.

Hetken hiljaisuus. Valantehnyt miettii ja kysyy sitten (nähnyt siihen mennessä vain eläinten kuolemaa):

- Saiko Kimmo sellaisen lopetuspiikin?

Omaishoitaja juhli 10-synttäreitään helmikuussa. Päätettiin pitää ikimuistoiset juhlat. Omaishoitaja kutsui juhliinsa kaikki koulunsa 3-6 luokkalaiset ja juhlat pidettiin ulkosalla. Mäenlaskua, moottorikelkka-ajelua, makkaranpaistoa.

Hyvin meni siihen saakka kun juhlaväki istui isoon rekeen, Eläkeläinen starttasi kelkan ja Viranomainen istui kelkan kyytiin. Ensimmäinen lenkki meni erinomaisesti, mutta kun matka tehtiin uudestaan niin kuului ensin pieni murtumisen ääni ja sitten kelkka hajosi mäessä. Osa syntymäpäivän juhlijoista töksäytti naamansa rekeen tai jäiseen tiehen. Viranomainen juoksi kotiin hakemaan apua. Hetken kuluttua tuli Eläkeläinen ensimmäisten haavoittuneiden kanssa. Katsoin tilannetta hetken ja päätin sitten, että meidän on paras käydä vaihteeksi terveyskeskuksessa. Olihan kolhuja saanut myös muut kuin Valantehnyt.

Juhlat onnistuivat siis erinomaisesti. Ne muistettiin erinomaisina syntymäpäivinä. Tosin seuraavana talvena kelkka oli jo myyty uuteen kotiin. Ihan varuiksi.

Työttömänä 117 päivää.

Kaikki hyvin auringon alla. Tänäänkin taivaankappale on vinkannut olemassaolostaan pilviverhon takaa, joten ei huolta. Työttömyys jatkuu, ei huolta siinäkään. Työpaikkoja katsottu. Vielä ei tarvitse huolestua, että työttömät loppuvat kesken kun Suomen talous on nousussa. Vai oliko sekin uutinen hakkereiden touhua? Työttömänä oleminen ilman sähköisiä vempaimia olisi kevyempää mielelle. Täällä eläkeläisen kanssa vain kuljettaisiin pellonkulmalta toiselle ja nautittaisiin maan tuoksusta ja kevään äänistä. TE-palveluilta tulisi kirje, jossa kyseltäisiin mikä on työllistymisen tilanne. Kirjekin saapuisi parin viikon kuluttua lähettämisestä, koska postinkantaja olisi Ritvan selkää hieromassa ja leikkaamassa Unton orapihlaja-aitaa kylällä. Kesällä saattaisi olla, että postia ei tulisi koko kesänä, kun ruohonleikkuukausi alkaisi. Jos ei olisi puhelinta, niin ei tarvitsi odottaa saapumattomia työpaikkatarjouksia. Eivät vaivaisi myöskään puhelinmyyjät. Elleivät puhelinmyyjät sitten alkaisi kiertää ovelta ovelle, kuten kotimyyjät aikoinaan. Samalla kun tarjoaisivat Anna-lehteä puolen vuoden tarjouksena (sisältäen 6 kk ilmaiseksi) vuoden lehtien hinnalla, voisivat pitää mukanaan pientä ruokakärryä. Siitä voisi ostaa leivän ja juuston, ettei tarvitsisi itse lähteä kylälle. Keksittäisiin uudestaan kauppa-auto syrjäseuduille. Tosin eihän siitä niin kauan ole kun täälläkin kaupa-auto pysähtyi postilaatikon viereen. Sekin ylellisyys katosi kun kesäasukas kuoli.

Vaikka huonot puolet siitäkin löytyisi: jos mökki palaisi, kestäisi jonkin aikaa ennen kuin apua tulisi. Saattaisi olla, ettei pelkällä kattorempalla enää selviäisi. Sama juttu avun saapumisen kanssa, oli avuntarve mikä hyvänsä.

Joten eiköhän kannata jatkaa näiden nettien ja puhelinten ja muiden keksittyjen vempaimien käyttöä. Sillä niinhän se on, että sitä mitä ei tiedä, siitä ei tarvitse huolta kantaa. Ja loppujen lopuksi, ei hyvien uutisten levittäminen huono asia ole. Sehän saa ihmiset uskomaan tulevaan ja yrittämään enemmän. Eli Suomen talous on nyt kunnossa, työllisyys on kohta 96 % ja rauha on koko maailmassa. Näillä eväillä viikonlopun viettoon ja Vapun juhlintaan.

Työttömänä 122 päivää.

Nyt on Vappu juhlittu. Eläkeläisen kanssa oltiin oikein reissun päällä. Helsingissä. Perijättäret olivat antaneet joululahjaksi matkan, joka nyt sitten korkattiin. On se ihmettä maalaiselle olla Tosi Isolla Kirkolla. Junalla mentiin kuin Matti ja Liisa aikanaan, tosin omia eväitä ei oltu pakattu reissuun. Vähän siinä Lahden seutuvilla harmitti oma ajattelemattomuus, niin hyvältä tuoksui kun eräs pariskunta siinä vieressä kaatoi termospullosta kahvia ja käänteli voipaperiin käärittyjä leipäsiä esiin.

Helsingissä sitä ihmettä riitti Heurekassa, johon meille oli yksi käyntipaikka osoitettu. Autolla ajaminen simulaattorilla ei onnistunut, tiedot Allegro-junan pysähdyspaikoista olivat kadoksissa ja kodinkoneiden sähkönkulutus meni vasta kuudennella kerralla oikein. Mutta nyt on oma raha painettuna molemmilla ja ihmisen ruumis nähty ihan ytimiä myöten.

Kolmen päivän ja kahden yön jälkeen sitä olikin taas hyvä palata kotiin. Ja pihaa haravoimaan.

Tänä aamuna päivälehden otsikko talonmyynnistä pisti silmään. Siinä myyjä sai viiden vuoden kuluttua maksettavakseen oikeudenkäyntikulut ja palautettavaksi ostajalle talon kauppahinnan korkoineen. Ja tietysti myyjä sai sen lahonneen mökkinsä takaisin. Eläkeläisen kanssa totesimme, että on se omituista tämä asuntokauppa. Ainut, jonka kannattaa vanhoja lahoja rötisköjä myydä, on kunta. Niin kävi eräälle tuntemallemme perheelle, joka osti kunnalta vanhan koulurakennuksen. Perhe alkoi oireilla ja lopulta edessä oli muutto pois talosta. Kaikki kirjat, petivaatteet, tekstiilit ja huonekalut piti jättää, olivat niin saastuneita. Ja kun alkoivat selvitellä asiaa, niin kylän väki oli kyllä tiennyt, että paikka oli asuinkelvoton. Siksi siellä toiminut koulukin oli aikoinaan lakkautettu. Kukaan ei vaan kunnasta ollut kertonut näille "uuden" kodin ostajille, että paikka oli homeen ja sienien vallassa. Kunta ei ottanut vastuuta ja niinpä tämän nuorenparin ja heidän kuuden lapsen viisi vuotta kestänyt oikeudenkäynti oli alkanut. Tavatessamme heidät pari vuotta sitten, oltiin vielä keskellä oikeudenkäyntiä. Ja paikkakuntana oli pieni kunta Suomen itärajalla.

Valantehnyt on saanut pikaisen arvonylennyksen. Ihan noin vain. Tänään oli ylikersantti käskenyt hänen kiinnittää arvomerkki hihaan. Oli luullut Valantehnyttä kokelaaksi. Ei ollut merkkiä kun ei ole kokelas. Ei siis kiinnittänyt hihamerkkiä. Tuli ilmeisesti arvonalennus yhtä nopeasti kuin ylennys. Niin nopeasti häviää maine ja kunnia.

Työttömänä 129 päivää.

Työttömänä sitä etsii töitä, vaikka jotkut työttömyyden asiantuntijat arvelevatkin, että mitään ei tehdä työnhakemisen eteen. Lorvitaan vaan kotosalla kun saadaan rahaa. Ja sitäkin saadaan ihan liikaa - ja vielä ilman mitään vastiketta. Luultavasti suurin osa työttömistä on erimieltä asiasta. Jos oikeaa työtä tarjotaan, niin se otetaan vastaan. Oikea työ on siis työtä, josta maksetaan oikeaa palkkaa siten, että työhön meneminen tuo enemmän kuin vie. Eli tässä eroaa harrastus ja työnteko toisistaan. Vaikka joskus työn tekeminen voikin olla niin hauskaa, että sitä voisi tehdä vaikka ilmaiseksi niin pitkän päälle ei se kuitenkaan elätä.

Teen myös keikkatöitä silloin kun niitä on tarjolla. Vapaaehtoisesti. Pienellä korvauksella seison päivän marketissa ja esittelen tuotteita. Päivän seisomisen jälkeen on yleensä kipeät jalat ja kipeä naama. Hymyileminen ottaa joskus voimille. Palkanmaksupäivänä tietää, että jokainen sentti on ansaittu. Parhaita hetkiä ovat ne, kun joku asiakas oikeasti kokee, että on saanut neuvoa tai apua kaupittelemastani tuotteesta. Sellaisen kokemuksen jälkeen jaksaa taas sen seuraavan asiakkaan, jolla on liian pienet kengät ja kasvoille jämähtänyt kuolinnaamio.

Promoottorina ollessaan saa myös asiakkaalta palautteen lähes välittömästi. Niin kävi kun esittelin kosmetiikkatuotteita paikallisessa Sokoksessa. Lähes 100-vuotias erittäin laitettu ja tyylikäs rouva tuli kysymään huultenympärysvoidetta. Valittelin, ettei esittelemässäni sarjassa ole kyseistä tuotetta, mutta ehdotin hänelle, että kokeilee kyseisen tuotesarjan silmänympärysvoidetta huulten ympärille. Samaa herkkää ihoa se on silmienkin ympärillä. Rouva katsoi minuun, astui sitten ihan lähelle ja katsoi huuliini todeten: "Eippä näytä auttanneen."

Tässä kuussa tulen esittelemään hammastahnaa. Sairaanhoitajan kanssa asiaa pohdittiin kun tulin maininneeksi, että eivät edes tiedä minkä näköinen ihminen olen. Eli jos olisi vaikka hampaaton tai mustat piikit suussa, niin saattaisi olla melko jännittävä esitellä "Hammaslääkäreiden suosittelemaa..."

Koskettavia tarinoita. Niitä mahtuu monenlaisia kahden vuoden mittaiseen aktiiviseen vierailuun sairaalan syöpäosastolla.

Elsi oli sairastanut 4-vuotiaana aivosyövän. Nyt 12-vuotiaana tytölle oli alkanut tulla oireita, jotka saivat äidin viemään tytön tutkittavaksi. Elokuussa äidille ilmoitettiin, että mitään ei ole tehtävissä, noin kuusi viikkoa elinaikaa. Äiti teki surutyötä ja tytön kunto heikkeni. Lopulta Elsi oli täysin sängyssä, kykenemätön liikkumaan, menemään vessaan, puhumaan...

Mutta Elsi oli sitkeä ja jostain syystä, ehkä äidin rukoukset auttoivat (en tiedä rukoiliko äiti, mutta niin varmasti tekisi jokainen vanhempi jos lapsi olisi kuolemaisillaan), Elsin kunto koheni niin paljon, että lääkärit pystyivät antamaan sytostaatteja. Uudenvuodenaikaan Valantehneen ollessa veritankkauksessa näin Elsin ja hänen äitinsä. Sytostaatit olivat auttaneet, kasvain pienentynyt, Elsi käveli, puhui. Vuosi alkoi hyvin.

Kesäkuussa 2004 Elsi nukkui pois. Kasvain oli alkanut suureta, se oli erityyppiä, mitään ei ollut enää tehtävissä.

Mietin usein, kuinka Elsin äiti jaksoi? Kuinka voi luopua lapsestaan niin monta kertaa.

Valantehneen hoidot jatkuivat kotona suun kautta anneta-
villa sytostaateilla ja tyttö aloitti myös esikoulun. Kaikki lap-
set olivat koulussa ja elämä oli arkisen ihanaa. Sairaus oli osa
arkea, mutta se ei ollut kuningas.

Minulla on silmälasit, eli minä olen hyvin likinäköinen.
Olen perinyt tämän ominaisuuden isältäni. Siksi var-
maan muistutan yhä enemmän iän karttuessa isän sisarta,
Lempi-tätiä. Lempi-tädillä oli vahvat linssit ja erittäin huono
näkö. Olen ollut huomaavinani hajuaistin parantuneen sa-
massa suhteessa kun näkö on heikentynyt. Huono näkökyky
ei ole naurun asia, mutta joskus se aiheuttaa kyllä huvittavia
tilanteita. Sairaanhoitaja Tellun isällä on todella huono näkö,
likinäköisyyden lisäksi hänellä on myös putkinäkö. Tällöin
ihminen ei näe ympärilleen niin hyvin, vaan näkökenttä on
rajoittunut eteenpäin. Lisäksi Tellun isä on iäkäs mies. Mut-
ta Tellun isälle on tärkeää saada ajaa autoa, ja sitä varten
hän on valmis ajamaan pohjoiseen saadakseen eläkkeelle
jääneeltä lääkäriystävältään todistuksen ajokyvystään. Van-
ha kaveri kir- joittaa lääkärintodistuksen ja Tellun isä ajelee
omalla autollaan. Tosin matkat eivät tätä pohjoiseen suun-
tautuvaa reissua lukuun ottamatta ole kovin pitkiä. Käynti
Kelalla, kaupassa ja pankis- sa kerran viikossa. Mutta seik-
kailua niissäkin tarpeeksi. Yhtenä päivänä Tellun isä oli näet
erittäin tuohduksissaan:

-        Uskomattomia nuo pyöräilijät nykyään. Ajavat miten
sattuu ja keskellä tietä. Niitä piti väistellä koko matka kau-
punkiin asti. Tellun isä oli ollut liikkeellä aamulla töihin mat-
kaavien kanssa samaan aikaan. Ja putkinäöllä suunnistanut
ajotien sijaan pyörätielle.

Koska näkökykyni sallii minun vielä ajella autolla, ja täällä
maalla se on ikään kuin välttämätön työväline, hankimme
uuden ns. kakkosauton kesällä 2004. Siihen astikin meillä oli
ollut toinen auto, mutta koska sen varaosat alkoivat maksaa
enemmän kuin auto, katsoimme parhaaksi hyvästellä Terce-

lin ja etsiä uudemman menopelin. Lähdimme autokaupoille Kuopioon ja mukaan sieltä löysimmekin oivan ajopelin. Vain 15 vuotta vanhan Mitsubishi Lancerin. Oivallisesta kaupastamme onnellisena sain koeajaa autoa samana iltana kun olimme tulleet kotiin. Eläkeläinen istui kiltisti apumiehen puolella ja miehiseen tyyliin opasti mittaritaulun saloihin. Naapurin isännät olivat pihalla, jolloin minä innostuin, että nyt täytyy mennä näyttämään uutta ajoneuvoa.

Ja niin kaarsin tyylikkäästi isäntien viereen:

- Meillä on uusi auto!

- No jo on. No jo on hieno.

- Tänään ostettiin. Kuopiosta.

- No jo on. Paljonkos sillä on ajettu?

- Vaan 280.000 km.

- No jo on. Kuopiosta vai?

- Niin.

- No jo sattui. Mekin ostettiin tänään auto.

- Ihan totta! Mistä?

- Haettiin Mikkelistä. Ajettu nyt 80 km.

Kun tultiin kotiin, Eläkeläinen toteaa rakastettavasti:

- Siitä sait kun menit elvistelemään.

Totesinkin, että meidän 280.000 on sama kuin naapureiden 80. Painitaan joissain asioissa vähän eri sarjoissa.

Työttömänä 131 päivää.

Tänä vuonna oli lyhyt kesä. Loppui ennenkuin edes alkoi. Tällä hetkellä sataa lunta/räntää niin ettei ikkunasta näe edes pihalle. Pelkkää valkoista verhoa. Kyllä nyt naurattaa niinkuin Pekka Poutaa. Itkeä ei viitsi, siitä jää punaiset silmät ja jotenkin tähän ilmaan on reagoitava.

Hyviäkin puolia asiasta löytyy. Omaishoitaja lämmittää uuneja, koska on vilukissa. Ja samalla kun kantaa puita ja pudottaa joitakin roskia, ottaa imurin esiin ja imuroi. Kiukuspäissään saattaa joskus imuroida koko huushollin. Joskus mietityttää, kehen on tullut...

Eläkeläisen puusavotta 2 on saatettu loppuun. Puusavotta 1 oli parin traktorikuorman pilkkominen, puusavotta 2 syntyi siten, että naapurin isäntä toi harrastukseksi pöllejä, joiden pilkkomisessa normaalimiehellä olisi mennyt kesä. Eläkeläisellä meni neljä päivää ja puut on silputtu. Vähän samanlaista jääräpäisyyttä Eläkeläisessä kuin koirassaan. Kun koiralle antaa sitkeän luun, niin ensin ei näy mitään merkkiä luun häviämisestä, sitten jo mällystää viimeisiä nahkanretaleita. Koira siis.

Viikonloppuna saan perijättäret kotiin. Tietää siis jääkaapin täyttämistä. Viime viikonloppuna kuuntelin Valantehneen ja Sairaanhoitajan keskustelua keittiöstä. Sairaanhoitaja avasi jääkaapin ja huudahti: "Vau, meillä on jääkaapissa ruokaa. Jopa viinirypäleitä. Ja täällä on myös juustoa ja maitoa ja jauhelihaa. Valantehnyt: "Niin, ja kato sitä jauhokaappia. Siellä on jopa kaksi pussia erilaista pastaa!!"

Ja ei kannata luopua toivosta. Kesä taisi tulla takaisin. Ainakin aurinko paistaa ja lumi on sulanut. Vuodet vierivät niin nopeasti...

*T*yöttömänä 132 päivää.

Työttömyyden surkein juttu on työyhteisön puuttuminen. Eilen sen taas huomasi, kun tapasin työkavereita, joiden kanssa olemme työskennelleet jossain vaiheessa samassa työyhteisössä. Vaikka enää ei sama työnantaja meitä kaikkia yhdistäkään, niin paras muisto kyseisestä työpaikasta jäi työkavereiden muodossa. Eläkeläinen ja minäkin olemme omalla tavallamme työyhteisö. Eläkeläinen hakkaa puut ja minä kannan niitä uuniin. Eläkeläinen laittaa polkupyörän renkaisiin ilmaa, jotta minä pääsen pyöräilemään. Minä keitän sum-

pit, jotta eläkeläinen saa aamukahvinsa. Paljon pieniä asioita, joissa homma sujuu paremmin kun on kaksi tekijää. Ilmeisesti kutsutaan myös avioliitoksi.

Äitienpäivä koittaa sunnuntaina. Olen saanut monenlaisia kortteja ja askarteluja perijättäriltä vuosien saatossa. Eräänä vuonna lähes kaksikymmentä vuotta sitten Omaishoitaja oli löytänyt kirjoituskoneen ja kopioinut runokirjasta pienen runon. Kyseinen lahja kulkee lompakossani ja jaan sen näin äitienpäivän kunniaksi teidän kanssa. Värssy menee seuraavasti:

taavi on mennyt, sade on jaannut,
se on raironnut pois. kurat nousevat maasta, jaujun aira on tujjut,
jora puojejja huhuavat metsäryyhryt.

*T*yöttömänä 135 päivää.

Muutama päivä sitten eläkeläinen muisti, että on nähnyt taloudessa joskus ompelukoneen. Jonkin muunkin kuin vanhan poljettavan Singerin. Eläkeläinen halusi lyhentää housunlahkeet.

Omaishoitaja ilmoitti, että siellä se on vintillä, mutta alalanka tekee pelkkää suhrua eikä säädöistä ole apua. Eläkeläinen oli sitä mieltä, että on pikku juttu saada kone kuntoon. Vähän säätöjä ja sitä mukaan. Yritin toppuutella, että taitaa maksaa huolto enemmän kuin uusi kone, on sillä ompelukoneella sen verran ikää ja käyttäjinä on ollut neljä nuorta naista, jotka ovat antaneet ompeleen suihkia ilman huolen häivää...

Eläkeläinen piti pintansa ja haki koneen vintiltä ja kiikutti sen ompelukoneliikkeeseen. Perushuoltoon.

Ompelukoneliikkeessä oli viisas mies. Ei tyrkyttänyt uutta, mutta sanoi, että perushuollon hinnalla saisi kyllä huolletun käytetyn koneen. Katseli hivenen suruissaan isännän konetta, että kyllä siihen pitäisi vähän käyttää viilaakin apuna. Oli

*mennyt lovelle neulan sisäänmenokohta. Esitteli sitten ompe-
lukoneiden uusimpia malleja ja sanoi, että isännän konekin on
sitä ikäluokkaa, että ei sillä ole voinut kuin yhtä kangaslaatua
surruutella. Kankaan vaihdos on aiheuttanut sen, että virityk-
set sekoavat ja pitäisi uudestaan kankaan laadun mukaan lan-
kakin säätää. Ja se on vaikea saada sovitettua oikeaksi. Ihan
tuntui uusia koneita katsoessa samalta kuin olisi katsonut
viimeisimpiä automalleja. Helppoa oli ompelu. Itsestään otti
kone kankaan reunasta kiinni ja ei itkenyt kankaan laadusta.
Niin maistui nahka kuin silkkikin. Aikansa katsottuamme uu-
sia ompelukoneita Eläkeläinen teki päätöksen.*

*Otti koneen kainaloonsa (sen vanhan) ja viritteli iltapuhteek-
si koneen käyttökuntoon. Nyt kone seisoo odottamassa testaa-
jaa pöydän nurkalla. Eläkeläinen on sitä mieltä, että koneessa
ei ole mitään vikaa. Langat vain ovat tänä päivänä ihan susia.
Jään odottamaan testauspäivää kunhan Eläkeläinen löytää
oikeanlaista lankaa. Sitä olisi saanut sieltä ompelukoneliik-
keestä, mutta eihän sitä kannata liikaa hoppua pitää näiden
asioiden kanssa. Housut ovat edelleen lyhentämättä. Eli pelk-
kää säästöä, säilyypä housut kauemmin käyttämättöminä.*

*Äitienpäivän jälkeen jääkaappi on taas tyhjentynyt. Tänään
on pakko täydentää, sillä Valantehnyt tulee ottamaan kotoa
vauhtia valintakokeisiin. Ensimmäinen etappi on tiistaina,
muita seuraavilla viikoilla. Kyselin toiveista sunnuntaina, että
mihin se olisi kaikkein suurin toive päästä opiskelemaan. Het-
ken aikaa Valantehnyt mietti ja sanoi sitten, että oikeustie-
teelliseen. Mutta jatkoi, että ei oikein tiedä onko se oikea paik-
ka. Jotain muutakin olisi kiva tehdä. Vaikka sellaista missä on
eläimiä. Jätin sanomatta, että oikealla uralla taitaa olla. Sikoja
löytyy vähän joka työpaikalta. Ja apinoita ja kyitä. Hyvä että
on varautunut työskentelemään myös näiden kanssa.*

Valantehneen sairauden positiivisia puolia oli, että pääsimme pitkästä aikaan perheen kanssa matkalle. Kuuden hengen seurueen matkustaminen, majoitus ja ruokailu ei olisi perheellemme mahdollista omin varoin, joten saamamme SYLVA ry:n matka oli meille kuin pieni lottovoitto. Elimme kuusi päivää täysihoidossa Kalajoen hiekkasärkillä. Ilma oli huono, vettä satoi, mutta se ei vähentänyt intoamme: kun vesisade maanantai-iltana oli pahimmillaan ja mereltä puhalsi navakka tuuli, päätimme lähteä koko perhe uimaan. Laitoimme saunan lämpiämään, vaihdoimme simmarit päälle ja juoksimme noin puolen kilometrin matkan tuulessa ja sateessa meren rantaan. Eikä ollut tungosta!

Silloisen kunnanjohtajamme haaveena oli saada "satamaan valot." Ideana oli, että kirkonkylän rannalle kunnan maille rakennettaisiin turistiloukku, joka pysäyttäisi ohi kiitävät autoilijat nauttimaan seudun matkailun tarjoamista palveluista. Työpaikkoja pitäisi tulla lähes satoja ja euroja tuhansia. Epäilevänä tuomaana olen pohtinut, että kuka haluaa pysähtyä paikkaan, jossa ei ole mitään. Epäilykseni olen myös maininnut ääneen, ja tämän lapsetkin ovat sisäistäneet. Seuraavan puuseikkailun jälkimaininkina sain sen huomata.

Huushollimme lämmitys toimii suureksi osaksi puilla. Joka keväinen tehtävä on halkojen hamstraaminen jonkun luvan antaneen maanomistajan metsästä, niiden kasaus, kuljetus, halkominen, pilkkominen, kuivatus kasassa ulkona ja lopuksi kärräys tallin ylisille. Onneksi minulla on hyväkuntoinen mies. Eläkeläinen näet tekee puiden hankkimisen kaikki muut vaiheet paitsi kuljetuksen metsästä omalle tontille. Siihen tarvitaan naapureiden apua.

Viimeksi puutalkoissaan Eläkeläinen oli erään ison talon mailla ja sai sieltä hakkuualueen tyvipuita kasan. Kuljetusavuksi hän sitten kysyi naapurin Heikkiä, jolla on juuri siihen sopiva traktorin peräkärry. Eräänä päivänä näen vain vihreän vilahduksen kun Heikki porhaltaa traktorillaan ja puukärryillään talomme ohi. Mainitsen eläkeläiselle, että naapurin isäntä taisi mennä puukärryillään ohi, jolloin Eläkeläinen ihmettelee, missä päin Heikin puukasa onkaan...

Kuluu tovi ja taas tulee vihreä traktori iloisesti suristen, puukär- ry täynnä rankapuita ja pysähtyy kohdallemme. Miesten keskustelua:

- Kenen puita ajelet?
- Kenen puita... heh-heh.
- Omiasiko?
- Kenen puita. Omianiko? Heh-heh-
- Niin, niin. Ovatko nuo sinun?
- Perkule, eivätkö nämä olekaan sinun.

Ja reipas hyppy traktoriin, rankojen palautus ja peräkärryä vaihtamaan.

Eläkeläinen saa tyvipuunsa, rankakasa palautetaan omistajalleen, mutta sotku ei ole vielä täysin selvitetty. Rankakasan omistajan vaimo saapuu mökilleen ja huomaa, ettei rankoja ole enää samoissa kasoissa kuin aiemmin, joten hän soittaa miehelleen: "Puumme on varastettu."

Ja rankakasojen omistaja saapuu paikalle ja käy toisella naapurilla kysymässä, onko varkaita nähty. Naapuri kehottaa käymään meidän puheilla, olemmehan mökkiläisten lähin naapuri, mutta mies ei saavu. Tässä vaiheessa kehotan Eläkeläistä soittamaan mökkiläiselle ja ratkaisemaan tämän pohtiman "Paikkansa Vaihtaneiden Rankojen" -mysteerin. Eläkeläinen soittaa ja selittää sekaannuksen. Asialle vähän naureskellaankin - sattuuhan sitä. Mutta sotku ei vieläkään ole loppuun käsitelty. Parin viikon kuluttua kun lähdemme marjastamaan, näemme jokaisen pienenkin rankakasan vierellä kepin ja kepin nokassa lapun, jossa lukee: "Nämä ovat Siskon ja Hannun puita. Puhelinnumero 040..." Hymähdämme Eläkeläisen kanssa asialle. Ehdotan, että hänen täytyisi varmaan laittaa jokin välkkyvä neonmainos omien puidensa yläpuolelle. Tällöin välähtää Omaishoitajalla:

- Mutta sittenhän kunnan ei tarvitse tehdä niitä Sataman Valoja lainkaan. Eläkeläisen valot näkyisi varmasti kylälle asti.

Samana kesänä pääsimme myös Kelan sopeutumisvalmennus- kurssille, joka oli tarkoitettu syöpäsairaille ja heidän omaisilleen. Kurssi järjestettiin Tampereen lähellä Karkussa, ja meidän perhe oli ainoa Kuopion yliopistollisen sairaalan alueelta, muut perheet olivat hoidettavana Tayks:ssa.

Kurssille osallistuvilla lapsilla yhtä lukuun ottamatta leukemia, joten saman sairauden kanssa eläviä perheitä oli jakamassa kokemuksia.

Me taisimme olla muiden osanottajien mielestä ulkoavaruudesta. Muiden perheiden pelko taudin uusimisesta oli korvinkuultavaa ja samoin pelko vesirokosta tai mistä tahansa ulkopuolisten kanssakäymisessä saadusta tartunnasta. Meidän pesue oli elänyt tavallista arkista elämää liikoja pelkäämättä.

Nämä samasta sairaudesta toipuvat lapset taas pidettiin mahdollisimman suojattuina, ettei vain mitään tapahdu. Joten meidän käytöksemme oli heistä aivan outoa. Me veimme lapsemme jopa kauppaan. Ja lisäksi Valantehnyt aikoi osallistua esikoulutyöskentelyyn. Olihan hän oli ollut kerhossa jo keväällä.

Kurssikeskus oli syöpälasten ja heidän omaisten "yksityisaluetta". Paikalle saapui kuitenkin bussilastillinen eläkeläisiä lounaalle. Vanhemmat juoksivat hakemaan lapsensa turvaan, etteivät nämä vain saisi mitään bakteeria paikalle pyrähtäneestä joukkiosta. Oli suorastaan huvittavaa katsoa kuinka vanhemmat pyydystävät riehakkaita lapsiaan ruokajonosta talteen, vanhat ihmiset taputtavat ilahtuneina lapsia ja äidit ja isät kokoavat sydän kylmänä laumaansa turvaan. Sekasorrossa pääsimme lounaalle hyvissä ajoin. Jostain syystä syöpälapsia ja näiden vanhempia ei syömässä näkynyt.

Muiden osallisujien mukaan taisimme muutoinkin olla outoja. Eläkeläisen ollessa saunomassa ryhmän miesten kanssa, nämä olivat alkaneet keskustella iästä.
- Jos mies elää yli 50-vuotiaaksi, niin sitten tämä elää pitkään.
- Niin on, jos sinne asti selviää niin sitten saa olla onnellinen.

Yksi saunojista kysyy Eläkeläiseltä, että kuinkas vanha tämä on. Jolloin Eläkeläinen totesi, että viime vuonna tuli tuo maaginen 50-vuotta täyteen.

-        Jumantsukka, sitten sä elät vanhaksi!

Sopeutumiskurssilla oli myös pari, jotka olivat jo parin vuoden ajan kunnostaneet vanhaa rintamamiestaloa. Tämä ikuisuusprojekti oli ilmeisesti hivenen alkanut jo käydä vaimon hermoille. Hahmotaideterapeutin ratkoessa tuhertamiemme omakuvien sisintä ja sanoessa vaimolle, että tämä varmasti toivoisi, että mies veisi hänet johonkin, sai vaimon nyökkäämään. Tällöin terapeutti kääntyy miehen puoleen ja sanoo:

- No Mies, lupaatko sinä viedä tämän vaimosi jonnekin treffeille meidän kaikkien todistaessa sanasi.

Jolloin Mies, tamperelaisittain ja hämäläisen jähmeästi, ärrää sorauttaen sanoo:

- No joo.
- Mihin sinä ajattelit hänet viedä? Ravintolaan, elokuviin...
- Noo – mää aattelin – että tehtäs sellanen rromanttinen rreissu rrautakauppaan.

Työttömänä 137 päivää.

Eilinen päivä oli hyvä päivä, jos sen mittaa kilometreinä. Jos sen mittaa autossa istumisena, päivä oli myös siinä tapauksessa erinomainen. Ja olihan se päivä millä mittarilla tahansa tarkasteltuna oiva päivä.

Aamiaista söin yrittäjien kanssa ja kuuntelin yrittäjän arkea. Suurin ero lienee siinä, että minä pohdin mitä tekisin päivien täyttämiseksi ja yrittäjä taas miettii, pystyykö tänä vuonna pitämään minkäänlaista lomaa. Ja onko järkevämpää laittaa ovi kiinni kuin päästää joku tumpelo pilaamaan asiakassuhteet. Ei ole ihmisen hyvä työttömänä, ei hyvä yrittäjänä. Ja ei ole hyvä palkkatyöläisenäkään. Niin on vaikeaa tämä ihmisen elämä. Pakko syntyä ja pakko kuolla ja sillä välillä olo on pelkkää kärsimystä.

Eilen ajeltiin Kuopioon. Tuli luvattua Valantehneelle viedä tämä valintakokeisiin. Eihän tässä meillä Eläkeläisen kanssa muutakaan tekemistä ole, niin äkkiäkös sitä Kuopiossa käydään. Lupasin vielä keksiä tekemistä meille Eläkeläisen kanssa, jotta Valantehnyt ehtii hoitaa tehtävänsä. Niinpä Eläkeläisen kanssa kiersimme paikoissa, joissa ei myydä retonkeja eikä rättejä. Minä kun pääsen maalta kylille, niin minulle riittää mikä liike hyvänsä. Pääasia, että siellä on kori, jossa on alennustavaroita, poistomyyntiä tai muuten vain halpoja tuotteita. Esim. koppa, jossa kaikki myytävä 2 euroa kappale. Ja aika menee kuin siivillä.

Esittelin illalla tekemiäni löytöjä: Iso munalukko. Valantehnyt kysyi, mitä ajattelin sillä tehdä. Vastasin, että ajattelin laittaa jääkaapin oveen. Valantehnyt valahti hieman valkeaksi, sillä ruoka on pyhä asia hänelle. Ymmärsi sitten vitsin, mutta ei nauranut. Seuraavaksi esittelin hienon polkupyörän lukon, joka aukesi koodilla. Sairaanhoitaja kysyi, että miksi minulla on polkupyörään lukko, kun en koskaan pyörääni lukitse. Ja että pyörässähän on jo lukko, jota en käytä.

Sitten esitin kaksi vetokahvaa kaappiin. Omaishoitaja katsoi, ei sanonut mitään vaan pyöritti päätään. Uskon kyllä, että löydän jostain vanhan kaapin, johon pitää vaihtaa vetokahvat. Ja että kaksi riittää. Käytännöllisin löytöni oli kyllä polkupyörän paikkaussarja. Tässä vaiheessa jo Eläkeläinenkin kiinnostui asiasta ja kysyi, onko pyörän kumi rikki. Vastasin, että Viranomainen aikoo pyöräillä kotiin Tampereelta, joten annan ne hänelle matkalle mukaan. Nyt meni Eläkeläinen hetkeksi hiljaiseksi ja sitten totesi yhdellä sanalla: Hullu. En nyt tiedä kumpaa tarkoitti, minua vai Viranomaista. Mutta toisaalta, eihän omena kauas puusta putoa.

*T*yöttömänä 142 päivää.

Työttömyyspäivien etenemisessä on mielenkiintoinen seikka. Ensimmäiset sata päivää pysyvät jotenkin mielessä, mutta kun päiviä on yli sata, on sama onko niitä 38 tai 89 tai ihan kuinka monta päivää hyvänsä yli sadan. Päivät katoavat. Ilmeisesti ensimmäinen merkki siitä, että työttömyys on pysyvä olotila, jonka ei enää edes odota muuttuvan. Vaan vielä minä sinnittelen ja kampitan vastaan.

Päivärinta haastatteli teatteriohjaaja Lauri Mattilaa, joka on järjestämässä teatteriesityksen, johon mahtuu kerrallaan yksi ihminen. Esityspaikkana on Fiat Uno, jolla ajetaan Helsingistä Jäämerelle kolmessa päivässä. Näytökseen osallistuu siis näyttelijä, joka on samalla kuljettaja ja yleisö (yksi ihminen). Kaikkiaan esityksiä on seitsemän kappaletta, joten esitys tulee saamaan seitsemän katsojaa. Lippu maksaa 60 euroa ja se kattaa matkan Helsingistä Jäämerelle ja paluumatkan Rovaniemelle. Sen jälkeen katsoja on omillaan. Yleisö arvottiin noin 350:stä hakemuksesta, joista suurin osa oli saapunut koulutetuilta naisilta. Mikäli et ole yksi valituista seitsemästä, niin nyt jää tämä kokemus elämättä. Tosin mietin, että ei sitä tarvitse muuta kuin matkustaa Eläkeläisen, Omaishoitajan, Viranomaisen, Sairaanhoitajan ja Valantehneen kanssa Isolle kirkolle, niin on täyttä teatteria koko matka.

*T*yöttömänä 143 päivää.

Sairaanhoitaja kertoi eilen, että on löytänyt Tinderistä poikaystävän. Kuukauden verran on jo yhteyttä pidetty ja muutamia kertoja tavattu. Heti udeltiin Omaishoitajan kanssa, että mikä mies, mistäpäin, minkä ikäinen, minkä näköinen. Tultiin sitten myös kysymykseen, että onko eläimiä ja eihän ole allerginen. Pohdittiin, että onhan Sairaanhoitajalla kissa, miten sitä voisi miestä ottaa, joka olisi allerginen. Ei paljastunut allergiaa eikä astmaa kyselyssä, joten todettiin, että ihan hyväksyttävä tyyppi. Sitten kysyin Omaishoitajalta, että millä

nimellä alan kaveria blogissa kutsua. Ihan en vävyksi nimittäi-
si ja Sairaanhoitajan miesystävä on taas niin vaikeasti sanottu.
Ja ihan yhtä aikaa sen Omaishoitajan kanssa keksimme: Mir-
rinsilittäjä.

Hyvää kesää. Olkoon kelit vaikka lunta ja pakkasta.

Kun aikoinaan pääsin sisareni lasten kummiksi, halusin, että hän olisi kummina omille lapsilleni. Hänen ilmeensä siinä vaiheessa, kun kuuli, että perheeseemme syntyisi taas uusi tulokas, sai hänet ja lankomiehen miettimään, että vieläkö sitä jaksaa kummiksi alkaa. Onneksi jaksoivat.
Sanonta, puoli lasta kummikseen, ei ainakaan vitsin ymmärtämisen suhteen ole tullut kummilta. Ei ainaakan sisareltani. Omaishoitaja, Viranomainen, Sairaanhoitaja ja Valantehnyt saavat nopeasti vitsistä kiinni ja ymmärtävät ne. Kummitäti ei aina jutun juonta ymmärrä. Tästä syystä Sairaanhoitaja kertookin vitsit hitaasti, jotta tätikin ymmärtäisi.

Siinä pitää olla kyllä varovainen, milloin vitsin kertoo ja milloin se valkenee kuulijalle. Kertoessani aikoinaan sisarelleni vitsiä tamperelaisen bussikuskin nimestä, mitään ei tapahtunut. Mikä on bussikuski tamperelaisittain? Myyrä. Onks´ sull myyrä lippuja?
Seuraavana päivänä olimme uimahallissa ja sisareni uidessa vastaan kysyin: "Onks sul myyrä lippuja?" , kuului vierestä vettä nieleskelevän sisaren ääni. Ymmärsi vitsin ja meinasi hukkua.

Työttömyyteen 54 päivää.

Ihme tapahtui. Töitä löytyi. On sellainen määräaikainen ihme. Mutta eikös se sananlaskukin sano, ettei makiaa mahantäydeltä. Tai töitä jokaiselle ikuisesti.

Kasvihuoneen satotilanne jäi tänä kesänä harrastajatasolle. Tosin eihän se koskaan muuta ole ollutkaan. Muutama kurkku, isoja, vihreitä raakoja tomaatteja ja janoon tai kylmyyteen tapettuja maustekasveja. Ainut, joka tuntuu nauttivan olosuhteista on chili- pensas. Ehkä kuvaa myös viljelijän luonnetta: kurttuinen, epämääräisen värinen ja maultaan polttava.

Eläkeläinen keitteli kesän puuroa kun eläinlääkärin määräyksestä testasi mitkä ruoka-aineet aiheuttavat koiralle allergiaa. Kymmenen litran kattilassa porisi kananjauheliha ja hirssi. Mökki oli kuin kasvihuone: kuuma, kostea ja haisi kanalta. Huono sato sieltäkin: koira rahnuttaa edelleen. Ainakin joskus.

Viranomainen oli kesälomalla, josta pari viikkoa teki rankkaa työputkea siivoksen ja keittiön välillä. Loma jatkui, mutta kotinurkilla ei Viranomaista juuri näkynyt kuin ruoka-aikaan syömässä. Valantehnyt työskenteli valkoisessa takissaan suuhygienian puolella varuskunnassaan. On hyvä tietää, että jos Suomi-nuorukainen joutuu joskus sotaan, niin voivat lähteä maata pelastamaan hymyssä suin kun Valantehnyt on kiillottanut lähtijöiden hampaat valkeiksi.

Omaishoitaja on muuttanut kämppänsä sijaintia. Nyt ei enää pääse kyttäämään torilla kävijöitä. Torillakin voi siis hengailla vapautuneesti. Kyylä on hävinnyt. Tosin niin on kesäkin.

Sairaanhoitajaa ei juuri näe. Joko on Mirrinsilittäjän hoteissa toisessa kaupungissa tai sitten on Mirrinsilittäjän vieressä toisessa huoneessa. Rakkaus on melkoista liisteriä.

Mirrinsilittäjä on valloittanut paitsi rakkaansa sydämen, niin myös muun perheen. Omaishoitaja pohti mahdollisesta tulevasta riitatilanteesta: "Jos sun ja Mirrinsilittäjän rakkaus ei kestä tai te lähdette eri suuntiin, niin saadaanhan me pitää Mirrinsilittäjä. Please!"

Työttömyyteen 51 päivää

Sitä kuvittelee, että kun on puhelin, niin sen käyttämiseen ei kummempaa humppaa tarvitse esittää. Niinhän sitä luulisi.

Ostin eläkeläiselle viime syksynä puhelimen Elisan verkkokaupasta. Helppo juttu: chattailee Samin kanssa, kyselee puhelimesta ja lopulta päätyy ratkaisuun. Sitten sopii vielä, että lähetyskuluja välttääkseen hakee laitteen liikkeestä. Tuolloin oli vielä työpaikka tuossa suunnassa, joten piipahdus liikkeessä ja puhelin mukaan. Eläkeläinen saa uuden androidinsa ja vuoden verran homma sujuu mukavasti. Eli eläkeläinen kysyy perijättäriltä neuvoja kun tulee ongelmia, mutta pikkuhiljaa alkavat sekä puhelin että eläkeläinen ymmärtää toisiaan. Melkein.

Sitten eräänä elokuisena päivänä kuukausi taaksepäin puhelin ei löydä verkkoa mihin yhdistyisi. Hommaa testaillaan vaihtamalla emännän kortti isännän puhelimeen. Ei toimi isännän puhelin vieläkään. Eli maalaisjärjellä päätellen: puhelimessa on vika. Eläkeläinen ajelemaan kohti liikettä.

Puhelin lähetetään huoltoon ja parin viikon kuluttua eläkeläinen hakee puhelimen ja aukaisee sen. Tai siis yrittää aukaista, mutta laite ilmoittaa, että sim-kortti on lukittu. Kokeillaan emännän simiä ja taas sama tarina. Eläkeläinen kohti kauppaa ja puhelin lähetetään takuuhuoltoon. Odotellaan runsas viikko ja eläkeläinen ajelee noutamaan puhelimensa. Tulee kotosalle ja saa puhelimen avattua ja tehtyä oman näköisen näytön ja ladattua haluamansa ohjelmat. Ei mikään iso juttu, mutta perillisiä ärsyttää kun kysymyksiä asetuksista, miten tähän kirjaudutaan, mikä se ohjelma oli, satelee. Perherauha säilyy kuitenkin.

Illlalla eläkeläinen päästää murahduksen: "Tässä puhelimessa palaa koko ajan latausvalo ja se ei suostu aukeamaan." Ei aukea illalla, ei aamulla, ei koko viikonloppuna. Ei tapahdu mitään. Puhelin on päättänyt pitää mykkäkoulua eikä avaudu tunteistaan. Eläkeläinen avautuu.

Aamulla sitten jälleen kauppaan. Puhelin taitaa pitää matkailusta?

Viikko hurahtaa ja puhelin haetaan kotiin. Nyt kaikki toimii. Hienosti. Kunnes eläkeläisen velipoika soittaa ja kysyy Eläkeläiseltä, miksi tämä on perunakellarissa. Tai ainakin ääni on perunakellarissa. Eläkeläinen sanoo, että taitaa soittajan puhelin olla rikki, hänen puhelin tuli juuri huollosta. Seuraavana päivänä soittaa minulle ja kysyy, kuuluuko hänen äänensä, kun niin moni on kuulemma valittanut. Vastaan, että perunakellarista.

Tällä kertaa lupaan viedä puhelimen liikkeeseen samalla kun käyn Isolla kirkolla. Puhelin lähtee siis taas huoltoon. Matkassa on mukana reklamaatio ja korvausvaade. Puhelimen vienti ja haku ovat maksaneet jo enemmän kuin itse puhelin.

Myös Eläkeläinen on ryhtynyt toimeen. Hän on soittanut puhelimen valmistajan tukeen ja kysynyt, että mitä piip-piip-piip korjausta tullainen on. Miksi puhelinta ei tarkisteta ennenkuin se lähetetään takaisin asiakkaalle. Firma on samaa mieltä. Huono laitekorjaaja. Pyytää Eläkeläistä olemaan yhteydessä Elisan myymälään ja ilmoittamaan näille, että ottavat laitteen tukeen yhteyttä, jotta puhelimen jatkuva matkustelu saadaan selvitettyä.

Ja sitten alkaa se koko tämän pitkän tarinan mielenkiintoisin osio. Yhteydenotto Elisan liikkeeseen. Juuri tähän kyseisen kau- pungin liikkeeseen. Elisalla ei ole liikkeen puhelinnumeroa, jotta myyjät voivat keskittyä tärkeämpään asiaan: myyntiin. Otan siis yhteyttä verkon kautta, jossa ystävällinen Joonatan palvelee chatissa. Kerron kirjoittamalla tarinan puhelimen ihmeellisestä matkasta, jonka jälkeen Joonatan toteaa, että heillä ei ole mahdollista näin chatin kautta auttaa. Mutta ehkä soittaisin asiakaspalveluun. No minä soitan. Vähän kuumottava olo jo on, mutta asiakaspalvelua puolin ja toisin. Tosin kun aluksi saan kuulla nauhoitteen, että voisin ehkä ratkaista ongelmani ottamalla yhteyttä verkon kautta, lämpötila alkaa nousta. Pasi vastaa puhelimeen. Ihan vähän olen tohkeissani odotettuani linjalla, mutta selitän asian Pasille. Pasi on asiakaspalvelija. Ymmärtää kyllä kun vähän jupisen ja annan kehittävää palautetta, lupaa viedä tietoa eteenpäin, että ottavat liikkeestä yhteyttä antamaani eläkeläisen puhelinnumeroon.

Eläkeläinen saa kuin saakin puhelun samana päivänä. Elisan asiakaspalvelusta soittavat. Eivät siis liikkeestä. Ja ilmoittavat sitten eläkeläiselle, että eivät voi auttaa koska laitetta ei ole tilattu heiltä vaan liikkeestä. Sorry.

Nyt minä kuumenen. Kuumentuneet keski-ikäiset naiset ovat erittäin vaarallisia. Menen liikkeeseen. Siis siihen liikkeeseen, josta hain puhelimen, mutta jonka kanssa en tehnyt mitään ostosopimusta. Kysyn Veikolta, että onko heillä liikkeessä puhelinta. Sellaista firman puhelinta, jolla joku heidän työntekijänsä voi soittaa? Veikko on vähän ihmeissään, mutta toteaa, että kyllä heillä on. Sitten kysyn, että onko heillä sähköpostia? Ja lukevatko he sitä? Veikko tunnustaa, että joskus. Tämän jälkeen annan Veikolle yhden tehtävän: soita eläkeläiselle. Viimeistään maanantaina. Tänään. Veikko lupaa viedä asian myyntipäällikölle. Että tämä sitten maanantaina soittaa.

Tänään on maanantai. Mitä luulet, soittaako myyntipäällikkö? Onkohan hänellä puhelinta? Koska näyttää siltä, että puhelinten kauppamiehet ovat kuin suutarin lapset, joilla ei ole kenkiä.

Valantehnyt oli koulun kaikkien luokkien yhteisellä uimareissulla kylän yhteisessä uimarannassa. Oli sovittu, että kaikki menevät rannalle koulun alettua ja taksi hakee porukan pois syömään kahdentoista aikaan.

Kymmeneltä puhelin soi ja opettaja soittaa ja kertoo Valantehneen saaneen jonkinlaisen kohtauksen. Oli vain tullut äkisti uneliaaksi ja meinannut nukahtaa järveen. Opettaja oli sitten kantanut hänet rannalle ja kyläkoulun runsas 20-päinen joukko oli tuonut pyyhkeitään ja vaatteitaan uimarin päälle, että tämä lämpiäisi.

Ajoin kuin mielipuoli rannalle. En tiennytkään, että auto kulkee niin kovaa ja että osaan ohitella kuin rallikuski.

Rannalla tyttö makasi vaatekasan alla ja sanoi: "Hei". Paikalla oli jo ensivasteauto ja ambulanssi ja tyttöä alettiin siirtää ambulanssiin. Käveli itse kunhan sai suurimmat vaatekasat ja pyyhkeet työnnettyä pois päältään. Ambulanssissa hoitajat ottivat pulssia, jota ei tuntunut. Korvasta ja kainalosta mitattiin lämpöä - molemmista antoi vain tulosta 0. Verenpainetta ei saatu mitattua. Kuolleeksi olisi luullut ellei olisi vastaillut kysymyksiin ja itse kävellyt.

Tunnin kuluttua sairaalassa mitattiin lämmöksi 35.2 ja kaikkien tutkimusten jälkeen lääkäri totesi, että kohtauksen syynä oli liian kauan kylmässä vedessä olemisen aiheuttama hypotermia. Elokuussakin kannattaa siis miettiä voiko mennä uimaan.

Ympäristöopin tunnilla opettaja kysyy:
-Miksi majavalla on kulkuaukko veteen?
Viranomainen: Ettei sille tuu kuuma.

Kesällä 2005 teimme kaksi kesälomamatkaa. Ensimmäinen matka oli elämyksellinen Korkeasaaren reissu. Lähdimme aamu yöllä kello kolmen yöjunalla makuuvaunussa kuin sillit suolassa. Eläkeläinen ja minä alimmalla laverilla, Valantehnyt ja Sairaanhoitaja keskimmäisellä laverilla, Omaishoitaja ja Viranomainen ylimmällä lavtsalla. Ja ei haavettakaan nukkumisesta, niin jännittävä kokemus lapsille oli junassa makuulla matkustaminen. Sipinää ja supinaa riitti enemmän kuin kärpäsillä pörinää lantanokareessa. Ainoa hiljainen hetki saatiin aikaan, kun juna Kouvolassa vaihtoi veturia ja vaunussa olijoille tuli tunne, että lähdimme takaisin kotiin. Pelko siitä, että matka päättyisi ennen kuin edes Korkeasaarta on nähty, sai joukon hiljaiseksi. Aamulla olimme Helsingissä, kiertelimme kauppatorin muutamaan kertaan ympäri ja jäimme odottamaan lauttaa Korkeasaareen.

Junamatkaa varten hankimme Sairaanhoitajalle ja Valantehneelle VR-näyttöliput. Isommilla tytöillä jo olikin, joten

nuorimmat kävivät passikuvassa saadakseen kyseiset liput. Tohkeissaan siitä, että saisi oman, kuvalla varustetun matkalipun ja pääsisi käymään Korkeasaaressa, Sairaanhoitaja kertoo asiasta tädilleen:
- Me käytiin tänään passikuvassa.
- Passikuvassa? Mihin te passia tarvitsette?
- Me mennään Korkeasaareen.

Korkeasaaressa oli tarhattujen eläimien lisäksi myös runsaasti valkoposkihanhia, jotka poikasia puolustaakseen hätistelivät liian lähelle meneviä ihmisiä pois levittäen siipiään ja tullen kohti kävelijää. Lautalla takaisin torille kävellessä Viranomainen osoitti vedessä uiskentelevia lintuja todeten: "Valkoposkihanhia!" Jolloin Valantehnyt sanoo matalalla, hiljaisella äänellä: "Vaarallisia lintuja!"

Vaikka Eläkeläinen onkin suuri metsästäjä, niin hänellä on myös hellät tunteet. Eräänä kesäpäivänä muutamia metrejä ennen kotipihaa Eläkeläinen pysäyttää auton ja syöksyy metsään. Ihmettelemme perijättärien kanssa mikä hänelle tuli. Siellä iso mies loikkii kuin jänis mättäältä toiselle. Ja hetken kuluttua hän tulee autolle kantaen sylissään jotain tummaa. Pieni pentu-supi.

Vaikka metsämies ei juuri supia arvosta, niin pentuina kaikki Luojan luovat ovat kauniita ja viattomia. Niin suoikoiran pentu katsoo sinisillä silmillään meitä ja Eläkeläinen kysyy, mitä tälle tehdään. Äänestystulos on selvä: vapauteen. Ja niin Eläkeläinen laskee supikoiran alun ojan penkereelle, missä tämä on hetken aivan paikoillaan ja syöksyy sitten metsän suojaan. Minusta metsämies oli silloin vahvimmillaan.

Työttömyyteen 44 päivää

Epämääräisen kulkutaudin saavuttaessa minut viime viikolla huomasin myös mielialan painuvan pakkasen puolelle. Onneksi, sillä lähes kahdenkymmenen vuoden jälkeen kehon lämpötila nousi kolmeenkymmeneenyhdeksään. Siinä yön tunteina katselin mittaria hämmentyneen yllättyneenä: minullakin on vielä lämpiä tunteita.

Sanotaan, että kuumeisena järki seisoo. Tai että ihminen on vetämätön. En ollut kumpaakaan: päässäni raksutti 458 erilaista tehtävää ja 181 erilaista muunnelmaa miten ne tulisi tehdä. Unet olivat kuitenkin jääneet junnaamaan samaan kohtaan - junnaamaan samaan kohtaan - junnaamaan samaan kohtaan - junn

- enkä millään päässyt ohittamaan määrättyä dialogia vaikka kuinka painoin forward -näppäintä ja yritin löytää toisen kelan, jota voisin katsoa. Joten aamulla kellon soidessa kaikki tehtävät oli ratkaisematta. Ja minä koin ensimmäistä kertaa elämässäni omakohtaisen miesflunssan.

Nyt, itse sen koettuaan ymmärtää mitä se on. Joka kohtaa kolottaa, ja sen haluaa myös muiden tietävän. Kaikki haisee, maistuu ja etoo. Ei kuule kunnolla, muutenkin heikkonäköisenä ei erota enää itseään peilistä. Siellä seisoo tuntematon ihminen. Käääk, onko tuo joku tuttavani? Pinna on erittäin lyhyt, koska perijättäret kysyvät vain tyhmiä kysymyksiä. Autolla ajaminen on suuri seikkailu. Mikä näistä oli jarru? Käveleminen on hoippuvaa, ikään kuin parin promillen myötäisessä. Tosin ainoa ero siihen, että fiilis on laskupuolella.

Tauti ottaa mehut kohdehenkilöstä, mutta ei anna kenellekään yhtään mitään. Omahyväinen kakkiainen.

Muutama päivä ja useampi droppi niin asiat palautuvat ennalleen. Edelleen vähän huteruutta ja heikkokuntoisuutta. Jotkut väittävät sitä laiskuudeksi. Ehkä myös sitä. No vähän.

*Viikonloppuna pyysin Valantehnyttä auttamaan. Ehdotin, että imuroisi yhden huoneen. Valantehnyt tarttui toimeen. Intoa ei ollut. Haki kaapista imurin, otti sitä tukevalla niska-perse otteella kiinni ja kantoi viereiseen kammariin ja pamautti oven kiinni. Kuului ääni ennen oven sulkeutumista: "Voi h**))??//%¤, kun mä inhoon tätä imuria."*

Kuuluu rajuja ääniä, reippaanoloisia kolahduksia, imurin epäytoivoinen, mutta erittäin kovaääninen murina. Toimin-

taa jatkuu muutamia minuutteja. Sitten tulee täysin hiljaista. Me muut olemme jämähtäneet kauhuissamme keittiöön. Ovi avautuu. Valantehnyt seisoo posket punaisina ovella ja toteaa: "Tämä helkutin hobittien imuri."

Tein edullisen imurikaupan. Ilmeisesti Kiinan myyntiin tarkoitettu erä. Oletko siis alle 120 senttinen ja imuria vaille. Myydään edullisesti.

Ai niin, ja miten kävi sen puhelimen kanssa? Liikkeestä soitettiin. Eläkeläinen lähti ajelemaan isolle kirkolle. Nyt hänellä on uusi puhelin. Eikä vaatinut muuta kuin parinsadan euron edestä ajelemista. Mutta pääasia on tunne, että on voittanut jonkin kamppailun. Sota vaatii aina veronsa.

Työttömyyteen 51 päivää

Uusi vävyehdokaskin on nyt tavattu. Helppo tapa testata vävy on viedä Omaishoitajan koirat emännälle kuudelta aamulla. Sohvan reunalla istuu vävyehdokas kuin koulupoika rehtorin puhuttelua odottaen. Omaishoitaja on sparrannut vävyehdokkaan hyvin tai sitten ehdokas on oikeasti erinomainen. Tai sitten anoppiehdokkaana alan olla epätoivoinen. Nimi tälle uudelle tulokkaalle on vielä hakusessa, mutta eiköhän se tässä aikaa myöten löydy. Ehkä Koirankusettaja olisi oiva valinta Mirrinsilittäjän kaveriksi?

Yhteenvetona voidaan siis todeta, että perijättäret 1 ja 3 ovat löytäneet parin ja näin ollen ovat parillisia. Perijättäret 2 ja 4 taas ovat parittomia. Peruskoulussa 70-luvulla tätä joukko-oppia alkioineen arvosteltiin järjettömänä matematiikkana ja ihmeteltiin missä sitä koskaan tarvitaan. No löytyihän sille viimeinkin käyttöä.

Muutama vuosi sitten koko Eläkeläisen pesue istui autossa ja oli matkalla sukulaisiin. Matkalla tuli puheeksi hirvivaaramerkki ja sen merkitys. Tällöin Viranomainen ihmetteli ihmisten tyhmyyttä kun kaikista varoituksista huolimatta sattuu hirvikolareita. Keskustelun aikana paljastui, mitä Viranomainen tiesi hirvivaara-merkistä. "Tosi tyhmiä ihmiset kun eivät ymmärrä, että kun on se varoitusmerkki, jossa on hirvenkuva, niin siinä alapuolellahan on kilometrimäärä. Eihän sitä tarvitse kuin katsoa auton matkamittarista kyseinen kilometrimäärä ja sitten varoa, kun hirvet ylittävät tien."

Jos emme uskoisi Viranomaista, niin ketä sitten?

Työttömyyteen 30 päivää

Eräänä viikonloppuna pohdimme keittiön pöydän ääressä Omaishoitajan, Sairaanhoitajan, Valantehneen ja Mirrinsilittäjän kanssa sitä, ovatko ihmiset tulleet tyhmemmiksi kuin ennen. Muistelin lukeneeni jostain, että myrkytyskeskus on ihmetellyt, miksi ihmiset syövät ensin tuntemattomia sieniä ja vasta sen jälkeen, syönnin päätteeksi, päättävätkin kysäistä oliko tappavaa.

Omaishoitaja arvelee, että ehkä syynä on se, että luulevat joksikin syötäväksi sieneksi. Valantehnyt ehdottaa, että katsoisivat sienikirjasta tai Googlesta. Tällöin Mirrinsilittäjä pähkäilee, ettei netti ehkä toimi metsässä. Sitten Omaishoitaja sanoo, että ehkä nykyään ei enää osata lukea. Jolloin ilmoitan, että onhan meilläkin sienikirjoissa myös kuvat, esim. myrkyllisen tappavan sienen vieressä on hautaristin kuva. Tällöin Sairaanhoitaja toteaa: "Saattaahan se merkki tarkoittaa Taivaallisen Hyvää."

Olen vajonnut jo niin alas, että kehittelen iltapäivälehtien otsikkoja uusiksi. Osuvin oli mielestäni rattijuopumuksesta kiinni jääneen Hanna Kärpäsen jutulle kehittämäni otsikko, jonka ilmaisun löysin suoraan kyseisestä jutusta: "Nyt kyllä lyötyä lyödään, sanoi Kärpänen."

Huvinsa kullakin.

Sairaanhoitajan ja Valantehneen päivään jännitystä toi luontotapahtuman seuraaminen ikkunasta. Ensin ikkunaan lensi pyy, jota haukka jahtasi. Pyy pyllähti ilmeisesti kuolleena tantereelle ja pöllähtänyt haukka istahti sen viereen saalistaan vartioimaan. Tällöin kissa numero 2, edesmenneen kaljupäisen presidentin kaima, hiipi paikalle ja sieppasi pyyn suuhunsa. Eläkeläinen oli saapunut myös seuraamaan kotipihan luonto-ohjelmaa. Huomatessaan kissan lähtevän paikalta pyy suussaan, Eläkeläinen sai vipinää kinttuihinsa ja juoksi ulos huutaen: "Minun paistia et kyllä vie."

Ilman huutoa Eläkeläinen olisi saattanut tavoittaa kissan. Niin jäivät sekä haukka että Eläkeläinen saaliitta. Harmittaa haukan puolesta, sehän kaiken työn oli tehnyt.

Illalla Valantehnyt tutki K-kaupan sovelluksen tarjouksia. Löytyi tarjouksia, mutta myös ilmaisia tuotteita. Yksi oli yhteistyökumppani Sotkan tarjous ilmaisesta kotiinkuljetuksesta. Eläkeläinen havahtui tv:n katselusta: Sittenhän se kannattaa mennä sinne ja pyytää tuomaan kotiin: ilmainen kotiinkuljetus.

*T**yöttömyyteen 94 päivää*

Kolme kuukautta lisää määräaikaisuutta. Tänään allekirjoitin kansalaisaloitteen.

Eduskuntavaalit tulossa 2019. Ei tosin mitään iloa, kun samat ehdokkaat ja samat lupaukset. Muisti todennäköisesti kaikilla yhtä huono.

*T**yöttömyyteen 70 päivää*

Mirrinsilittäjällä pyyhitään pölyjä jos samaan paikkaan satutaan.

Eläkeläinen on luvannut silittää tyyppiä enemmänkin. Ilman silkkihansikkaita.

Aktivointimallin jälkeen on saatu infoa tekoälystä. Eli siitä, että roboteille voidaan jo antaa tehtäviä, jotka vaativat asioiden puntarointia ja ratkaisujen tekemistä. Edistystä on tapahtunut. Nyt robotit voivat korvata jo osan työnteosta ja -tekijöistä, mm. asiakas- palvelu ja hoitotyö sujuvat aivottomilta tekoälyllisiltä vempeleiltä hyvin.

Tulevaisuus ei siis näytä kovin kirkkaalta työttömän homo sapieksen osalta. Eikä myöskään työssä olevan, mikäli teknolgian kehittyminen jatkuu yhtä kiivaana. Jos työnantaja voi valita ilman taukoja, palkankorotusta ja lomaa viettävän työntekijän tai lihaa ja verta olevan tunteilla käyvän ihmisen välillä, niin edullisempaa ja ehkä jopa mielekkäämpää on palkata kone. Tai mikä parasta, sitä ei tarvitse edes palkata, sen voi investoida ja saada vuosien mittaan poistoina koko härpäkkeen.

Kun ei jatkossa ole palkkakuluja, voi säästää pitkän sentin. Hoitotyössä ei tarvitse enää rahdata tekijöitä toiselta puolen maapallon kun homman hoitaa metalli-muovi-silikoni-hoitaja XSP158 ja asiakaspalvelussa uuden puhelinliittymän neuvonnan palvelee robotti XSP99889. Uskon, että asiakasneuvoja XSP99889 osaisi hoitaa tehtävänsä. Todennäköisesti yhtä hyvin tai paremmin kuin nämä nykyiset asiakaspalvelijat.

Teknologian kehityksen huumassa ihmetyttää vain se, että mistä aktiivimallin kourissa olevat lihalliset työnhakijat enää paikkaansa löytävät. Siihen maailman vanhimpaan ammattiin ei meistä kaikista kuitenkaan ole. Kivenhakkaajiksi.

Kehittäessään näitä ihmiskuntaa palvelevia tekoälyjä tutkijat ovat huomanneet, että tekoälyt osaavat myös kehittää itsenään. Yksi mitä kehittäjät eivät osanneet ennakoida, oli se, että tekoälyt kehittivät myös oman kielen, jota käyttivät kommunikoidessaan keskenään.

Pohdituttaa, että kenen rakentamilla tiedostoilla nämä vempeleet jatkavat ajatustyötä. Ja varsinkin kun pääsevät keskenään ajatuksia vaihtamaan.

Nykyisessä työssäni ei vielä ole tekoälyä. Eikä aina älyä muutenkaan, mutta hierarkia on selvä ja jokaisen pitää ymmärtää oma statuksesa: Hoitajat ovat Hoitajia, sihteerit sihteereitä.

Eräänä päivänä autoin vanhahkoa naisihmistä vaatteiden naulakosta ottamisessa ja takin päälle laittamisessa. Rouva oli toimintaan tyytyväinen ja käytävä kaikui hänen kiitellessään kuinka hyvä palvelu oli ollut. Rouvan kehuessa, että "niin oli mukava hoitaja, kun auttoi takin päälle", saapui Hoitaja paikalle Hoitaja korjasi rouvan puhetta sanomalla: "Sihteeri! Hän on sihteeri." Rouvalla oli huono kuulo, joten hän jatkoi glooriaa edelleen: "Hoitaja, hyvä oli hoitaja. " Ja vierellä kulkee Hoitaja, joka yrittää saada asiakasta ymmärtämään tämän tekemän kardinaalivirheen hokemalla: "Sihteeri! Hän on SIHTEERI! SIHTEERI!"

Parivaljakko jatkaa matkaansa. Vähän sihteeriä nauratti.

Työttömyyteen 55 päivää

Tasavalta on saanut prinssin. Vanha uutinen, mutta niin positiivinen uutinen, että sitä kannattaa vaikka useamman kerran muistella.

Entinen vallaton leskimies on nyt tuore isä, useamman vuoden tauko aiemmista pienistä taaperoista takanaan. Yllätyksiä Saulille tuskin on tulossa lastenhoidossa, eli tietää niiden olevan ylhäältä täytettäviä, alhaalta pursuavia. Ja luultavasti muistaa senkin, että pienillä lapsilla on pienet murheet, mutta jälkikasvun kasvaessa harmaat hiukset lisääntyvät vanhemmilla.

Sauli tuskin tulee toimimaan ajolupaopettajana kuten minä. Yhteinen aika aikuisen lapsen kanssa on mielenkiintoista ja mukavaa. Ja tekee monia ylimääräisiä sydämentykytyksiä ja panee miettimään, onko menettänyt arvostelukykynsä lupautuessaan moiseen. Mutta lupaus on lupaus. Kolmen ensimmäisen perijättären jälkeen neljäs on nyt kierroksessa. Ja pelkääjän paikka on nimensä veroinen, vaikka Valantehnyt onkin vallan oiva kuljettaja. Ongelmia yhteistyössä tuottaa lähinnä ajoitus. Jos neuvon ajon aikana miten eri tilanteissa tulee toimia, Valantehnyt ilmoittaa, että ei pysty sisäistämään kerralla kyseistä tietomäärää. Jos sitten ilmoitan kun pitää tehdä jo-

tain, saan kommenttia siitä, että ilmoitan liian myöhään miten tulee toimia. Minun pitäisi kuulemma toimia aikaisemmin. Joten jos yhtä aikaa pitää laittaa vinkkari päälle, painaa jarrua, hiljentää vauhtia, vaihtaa pienemmälle vaihteelle, huomioida tuleva ja menevä liikenne ja kääntyä, niin minun pitäisi kertoa tämä kaikki juuri vähän aikaisemmin, mutta ei kuitenkaan liian aikaisin.

Muutoin takapenkillä matkustaminen kolmen aiemman opetusluvalla opettelevan ajaessa on tuottanut hyvää tulosta. Siitä huolimatta kannattaa tarkkailla valkoisella kolmiolla varustettua autoa ja välttää perässä ajoa.

Saattaa vaihtua useammat liikennevalot ennenkuin väri miellyttää ajo-opetuslupalaista.

Viranomainenkin oli kotinurkilla viikonloppuna. Kyyditsin tämän sunnuntai-iltana bussipysäkille kaupungin ohimenotielle odottamaan opiskelukaveria, jonka kyydillä matka jatkuisi. Aika kului ja vihdoin taakse tuli peräkärryä vetävä avolavapakettiauto. Ilmoitin Viranomaiselle, että nyt auto tuli, jolloin tämä kerää kassinsa ja nyssykkänsä ihmetellen samalla, että ei tiennytkään kaverin olevan muuttoaikeissa. Hyppää autosta pois ja juoksee takana olevalle autolle. Katsoin peilistä, että lähden edestä pois kun huomaan Viranomaisen pyrähtävän vauhdilla takaisin, tempaisevan oven auki, heittävän kassit ja pussit sisään samalla kun itse lennähtää etupenkille istumaan. Samalla takana oleva auto laittaa vinkkarin päälle ja lähtee. Viranomainen ei meinaa saada sanaa suustaan nauraessaan ja sanoessaan: "Olisitpa nähnyt. Ihan ventovieras keski-ikäinen pariskunta. Siinä me tuijotettiin toisiamme."

Sairaanhoitaja ja Valantehnyt istuvat autossa odottamassa kun Viranomainen käy kysymässä TET-paikkaa. Takapenkillä käy- dään seuraavanlainen keskustelu: Sairaanhoitaja: Kuina monta ällää sä sitten aiot kirjoittaa kun pääset ylioppilaaksi?

Valantehnyt: En mä voi sitä vielä tietää?

Sairaanhoitaja. Pitää tietää. Mä aion ainakin kirjoittaa kuusi ällää.

Valantehnyt: Mä oon vasta ala-asteella, en mä voi tietää miten monta ällää mä sitten joskus kirjoitan.

Sairaanhoitaja: Pitää olla tavoitteita.

Viranomainen pohtii kouluun tehtävää ainetta. Aikansa mietittyään valitsee kantaaottavan kirjoituksen. Hetken pohtii ja sanoo sitten, että hän ei oikein ymmärrä koko aihetta. Eikä tiedä siitä mitään. Totean, että kuinka hän voi kirjoittaa tuosta aiheesta kun ei tiedä siitä mitään? Viranomainen katsoo minuun tietävästi ja sanoo sitten erittäin itsevarmasti: "Tottakai voin kirjoittaa. Minulla on erittäin vahva mielipide."

Valantehneen onnettomuusalttius tulee kaikella todennäköisyydellä perintönä isältä. Eläkeläinen on siis henkilö, joka yleensä onnistuu telomaan itsensä. Milloin on pelti leikannut nenänpäätä, milloin hitsaushappi hupsahtanut hihansuusta ja polttanut ranteen, milloin silmiin lentänyt metallinkappaleita. Erään juhannuksen alla oli pudonnut puolentoista metrin palkilta ja lennähtänyt naama edellä lattiaan, jossa poski oli osunut muoviputkeen. Naama olikin sitten sen näköinen kuin olisi tennispalloa poskessaan pitänyt ja värittänyt vielä mustalla sakuralla. Ja kun muutama päivä kului, sai vielä silmään sidekalvon tulehduksen, Jos mies on pahannäköinen, niin silloin oli.

Eniten lienee taitoa vaatinut onnettomuus oli se, kun eläkeläinen ajoi traktorilla itsensä yli. Onni oli siinäkin mukana, sillä ainoastaan 11 kylkiluuta ja rintalasta murtuivat. Ja sen tapahtuman jälkeen pahe, jonka kaikki tiesivät, mutta jota Eläkeläinen ei tiennyt muiden tietävän eli tupakointi, jäi pois. Rikkinäiset kylkiluut yskiessä kannustivat asiassa erinomaisesti.

*T*yöttömyyteen 20 päivää

Jokin aika sitten olimme tyhjentämässä lokakuussa edesmenneen isoäidin taloutta. Tyhjennettävää ei ollut paljon jos ajattelee isoäidin elämän pituutta. Vähän jää jäljelle yli 101 vuotiaalta jos ei ole materialisti. Mamma oli kuitenkin laittanut talteen kortit ja kirjeet. Niitä kirjeitä katsoessani ymmärsin, että kyllä sillä on eroa millä vuosisadalla tai vuosituhannella ihminen syntyy ja kasvaa. Sota- ja pula-ajan kasvatin arvostus paperimateriaaliin on huomattavasti korkeampi kuin Jaffa-appelsiinin aikakaudella nuoruutta viettäneen ihmisen kunnioitus kirjeisiin ja kortteihin.

Omia kirjoituksiaan sitten seuraavina päivinä lukiessani moni unohtunut asia palautui mieleen. Perijättärien lapsuutta valvoessani olin kirjoittanut muutaman novellin verran kuulumisia isoäidille. Vaikka välimatkaa on ollut, niin kirjeiden myötä isoisoäiti on saanut kuulla, mitä jälkikasvulle kuului. Hyvä että kirjeitä tuli rustattua. Ilman niitä kyseinen aika olisi hävinnyt täysin muistista, sillä perijättärien ollessa lapsia omat aivot olivat kutistuneet rusinan kokoisiksi. Tiedelehdestä asian lukeneena uskon täysin siihen, että raskaus pienentää aivoja. Ja kerta kerran jälkeen ne pienenevät entistä pienemmiksi. Ajan myötä ne palautuvat taas entiseen kokoonsa. Ajankohdallisesti tämä palautuminen ajoittuu usein siihen hetkeen, kun lapsilla on murrosikä. Tuskin siis murrosikää nuorilla olisikaan, jos äidin aivot jäisivät pysyvästi pieniksi.

Eräässä kirjeessä kuvailen mukavaa keväistä sunnuntaitapahtumaa, jolloin eläkeläinen vei perheensä pilkille järven jäälle.

Kunnioitukseni jäätä kohtaan oli tarttunut jo lapsiinkin, jotka eläkeläisen "ei varmasti petä" -rohkaisujen jälkeen olivat päässeet jäälle ja viritelleet pilkit tehtyjen reikien kohdalle. Itse olin istunut retkituolissa nauttien auringon lämmöstä ja kuunnellut puheensorinaa ympärillä. Jostain päin kuulunut JUMPS palautti minut nykyhetkeen ja hetken kuvittelin perijättärien kiskovan isoja kaloja jäälle "JUMPS". Havahduin hivenen lisää ja ymmärsin, että kalat eivät tömpsähtäneet jäälle, jolloin kysyin: "Mikä se oli, oliko se jää?" Saman tien Valantehnyt ponnah-

taa pilkkireiän reunalta ylös, heittää pilkin siihen paikkaan ja
lähtee juoksemaan minkä lyhyillä ja pienillä jaloillaan pääsee
kohti rantaa. Lohenpunainen toppatakki näyttää pomppivalta
pallolta, kun Valantehnyt kiiruhtaa kohti mannerta ja turvai-
saa maata. Omaishoitaja ja Viranomainen itkevät (tuntevat
jo kuinka jää vajoaa alta) ja yrittävät kelata siimaa kelalle,
Sairaanhoitaja jatkaa pilkkimistä ja Eläkeläinen kysyy: "Mihin
sille nyt noin kiire tuli?"

   Ja lisää sitten isällisen lohduttavasti: "Tämä on kyllä viimei-
nen kerta kun otan teidät pilkille mukaan."

"Rakas Hilda-Mamma, Hyvää Joulua!

Muutama sananen ennen lomalle lähtöä.

KYS:n lääkäri soitti eilen Valantehneen hoidon-
lopeustuloksista. Kaikki näyttää puhdasta, nor-
maalia tai ok:ta. Ainoastaan luuntiheysmittauk-
sen tulokset on saamatta, ne valmistuvat ensi
vuoden puolella. siitä näkee ovatko lääkkeet tai
muut hoidot vaikuttaneet luun vahvuuteen.
Täytyy myöntää, että itketti kun sai sen viimeisen
vahvistuksen terveestä lapsesta. Tähän asti on aina
siirtynyt pohtimista tuonnemmaksi. Ja turhaan olisi
miettimiset olleetkin, terve tyttö. Onnesta itketti.
Muutoksia tässä syksyssä on ollut myös se,
että sisar puhui työnantajansa pyörryksiin ja
järjesti minulle töitä. Lähes vuosi eteenpäin
ja sen jälkeen jos homma loppuu niin pääs-
sen Postille takaisin. Kun kysyin lapsilta, että
pärjäävätkö niin Sairaanhoitaja vastasi: "Kuu-
le äiti, eiköhän sun ole jo aika mennä töihin."

Keskiviikkoiltana oli kyläkoulumme viimeinen joulu-
juhla. Joulujuhlasta ei puuttunut tunnelmaa ja me-
idän naiskatras oli näyttävästi esillä: Omaishoitaja
hoiti säestyksen, sillä kunnia pianonsoitosta lankesi

hänelle. Viranomainen luki yksin jouluevankeliumin.

Vähän pelkäsi, että lukee väärin kun harjoi-
tuksissa ilosanomasta oli tullut iltasanomat.
Sairaanhoitaja sai olla laulujen aloittaja ja ko-
ulun poikien mielestä Valantehnyt oli paras
tonttutanssija koska tällä "jytäsi parhaiten."
Vieraiden kommentteja juhlista oli, että perijät-
tärien äänet kuuluvat ja niistä saa selvän.
Otin sen kohteliaisuutena. Sinua ajatellen,

Rakkaudella

Tyttärentyttäresi"

*T*yöttömyyteen 10 päivää

Tänään kuuntelin uutisia, että nykyajan vanhemmat eivät enää halua suurperheitä, vaan ennemmin yksi lapsi tai ei lapsia lainkaan. Surullista. Syynä monella on elämäntilanne ja se, että tulevaisuudesta ei tiedä: onko töitä, missä asunto, jatkuuko yhteiselo nykyisen kanssa vai jospa vaihtuukin, onko sitä omasta seksuaalisuudestaankaan niin varma, puhelinkin on jo edellistä sukupolvea eikä kestä edes pakkasta, tuleeko Suomeen jääkausi vai silmitön helle, nouseeko merivesi... Niin paljon on laitettu ihmisen murehdittavaksi, että eihän sitä voi mitään suurperhettä edes ajatella.

Kokemusasiantuntijana voin antaa hyvän neuvon: Ei kanna-ta ajatella. Kannattaa vain elää eikä suunnitella. Ja muistaa myös, että vanhan kansan viisaus pitää paikkansa: lapsi kyllä tuo leivän pöytään.

On myös niitä, jotka toivovat lapsia, mutta niitä ei vain ruo-kapöytään siunaannu. Kaikkea kun ei voi suunnitella valmiiksi.

Voin myös kertoa, että ennen kuin itsellä oli yhtään tena-

vaa, niin silloin oli hienot kasvatusaatteet ja -teoriat. Lasten syntymän jälkeen ei ollut mitään muuta kuin sydän täynnä rakkautta ja leijonaemon suojeluvaisto. Ja tähän asti niillä on selvitty. Tosin kun perijättäriltä kysyy, kuka nämä kasvatti, niin vastaus on hevonen. Eli jos oikeasti haluaa lapsistaan hyvin kasvatettuja, älykkäitä ja karismaattisia ihmisiä, niin silloin täytyy hankkia perheeseen hevonen, jonka kanssa lapset saavat elää lapsuutensa aina aikuisuuteen asti. Kyllä sitä lantaa luodessa ja vesiastiaa täyttäessä typerimmätkin hömpötykset kitkeytyvät pois.

Oli lapsia tai ei, niin lopulta se viimeinen matka kuitenkin koittaa. Viime viikolla Eläkeläinen oli huomannut mainoksen ja ilahtuneena ilmoitti minulle, että nyt olisi arkut alle 300 euroa ja arkun ja tuhkauksen saisi alle neljän sadan. Ilmoitin heti, että minä kyllä tahdon tuon tuhkauksen samaan hintaan, jolloin asiaa kuunnellut Valantehnyt totesi, että uurna tulee kaupan päälle. Totesin, että en halua uurnassa maan poveen, vaan tuhkat saa pölläyttää taivaan tuuliin. Hetken olimme kaikki hiljaa ja näimme jo kuinka harmaa tuhka hävisi teille tietämättömille, mutta sitten katkaisin hiljaisuuden toteamalla, että eiköhän sille uurnalle keksitä jotain järkevääkin käyttöä. Vaikka keksipurkiksi?

Kysyin sitten Eläkeläiseltä, että joko tilataan. Jolloin Eläkeläinen oli sitä mieltä, että ei kannata. Arveli, että hautausfirma saattaa olla lopettanut toimintansa jo ennen kuin me tarvitsemme palveluja.

Kaikessa karuudessaan se oli päivän kohokohta. Taitaa vielä viihtyä kanssani. Tosi Rakkautta.

Työttömyyteen useampi kuukausi

Elämä kantaa kun vain uskaltaa hypätä siihen. Muutoksia on tapahtunut tai on tapahtumassa.

Omaishoitaja vaihtaa pohjoisempiin maisemiin. Ikävä on jo nyt Omaishoitajan lemmikkejä. Myös Koirankusettajaa. Ja ennenkaikkea Omaishoitajaa. Räkäinen rääpääleeni.

Viranomainen pitää yksityiselämänsä yksityisenä. Olen nähnyt jonkinlaisen karvanaaman kuvan, mutta tiedä sitten mikä on kaveri ja mikä naapurin koira. Karvanaamat ovat niin samannäköisiä. Kun nyt vain malttaisin ja yrittäisin käyttäytyä kuin viisas äiti. Odottaa. Vastauksia saan kun on niiden aika.

Sairaanhoitajalla on nyt uusi Lemmikki. Koska pitää sekä Sairaanhoitajasta että Sairaanhoitajan kissasta, kutsun häntä Mahdollisuudeksi. Olen onnellinen Sairaanhoitajan valinnasta. Äitinä olen onnellinen aina kun joku rääpäleistäni on onnellinen.

Valantehnyt lähtee opiskelemaan Isolle-Isolle Kirkolle. Suurin huolenaihe minulla on ihmisistä, jotka hän kohtaa olleessaan nälkäinen. Luulen, että minun on käytävä tankkaamassa hänen jääkaappinsa säännöllisen epäsäännöllisesti. Muutoin tiedän, että tämä sisupussi onnistuu ihan mitä vain päättää.

Eläkeläinen nauttii tapahtumarikkaista päivistä. Joka päivälle on löytynyt tekemistä. Kiirettä ei ole, mutta hommat menevät eteenpäin.

Suku kasvaa ja pöytä käy pieneksi.

Olen onnellinen.